走過零下四十度

九里安西王——著

推薦序
寫作成為居住之地

施叔青（知名作家）

雖然起步較遲，但王志榮勤於筆耕，才短短幾年散見於美國、臺灣的作品數量十分可觀，篩選之後已足夠合輯出版，可喜可賀。

旅居海外的作家，一般都以書寫所居地的所見所聞為題材，但如只記錄生活瑣事，則鮮有令人為之側目的佳作，王志榮卻是例外，電腦科學訓練的他，興趣廣泛，視野寬廣，對中外文史多有涉獵，此書除了以他擅長的敘述能力呈現生活見聞，又以敏銳的觀察力寫活了筆下的諸多人物，作者他鄉變故鄉的心路歷程更是感人。

王志榮以印地安原住民為題的下一本書值得期待。

施叔青（知名作家）

代表著作有《壁虎》、《香港三部曲》、《臺灣三部曲》……等、曾獲多項文學獎包括二〇〇八年國家文藝獎等，是第一位獲得國家文藝獎的女作家。

推薦序
好好寫，不要中斷

韓秀（知名美籍華文作家）

握管的人雖然嘴上不說卻心知肚明，寫作是苦人兒的苦差事。我不斷地被熱愛寫作的朋友們包圍，希望我告訴他們怎樣成為一名職業寫手，我總是很委婉地跟他們說，如果你還有別的更有意思的事情可以做，就不要逼自己成為一名職業寫手。

無論願與不願，寫作專業戶必定要誠實地面對自己的內心，必定要設身處地經受筆下所寫之種種。世間種種許多是說不出來的，寫起來更是痛苦萬分。一位文友生前之文字以溫柔敦厚為其特色，不知溫暖了多少讀者。往生之後，許多懷念評析文章陸續出現，人們才知道，那許多溫柔敦厚的下面是一顆飽受折磨、鮮血淋漓的心。

一九八六年夏天，即將離開駐節三年的北京，到崇文門外跟沈從文先生告別。沈伯伯握住我的手，殷殷囑咐，「好好寫，不要中斷」。這樣的七個字真有千鈞重。四年之後，我出版第一本書。三十餘年之後，我仍然每天都在寫，仍然年年有出版，沒有中斷。心裡非常明白，這樣的堅守已經成為生命的全部意義，三十餘年以前對沈伯伯的承諾，成為我與病痛纏鬥、克服內心煎熬、掙扎前行的動力。

從來沒有想過，也許還有另外一種持續書寫的心態與方式。

認識志榮和他美麗的妻子之時，他正擔任華府華文作協的幹事，很勤勉地設計、參與各種藝文活動，忙得很起勁。他也來參加作協的「寫作工坊」，很瀟灑地坐在那裡。雖然話不多卻看得出來，我的許多說法，他聽進去了。順便我也知道，他寫部落格，從這樣一個先進的平臺同各地的文友們交換心得。

我不寫部落格、不用臉書、不用手機，跟沈伯伯的辦法一樣，讀紙本書、寫作；唯一不同只是我已經從手寫「進步」到用電腦寫作，為的只是出版的便利。能夠手寫的時候仍然手寫。比方說寫信，那種貼上郵票請郵局遞送的信件，仍然是我主要的與世界溝通的方式。但我樂意同以任何方式從事文學寫作的朋友互通有無，於是便與志榮有了一些交集。

他是快樂的，寫作於他而言是一件充滿樂趣的事情。每念及此不禁莞爾，心想，這樣也很好，握管人也可以變成純粹的敲鍵人，也不一定非秉持苦修的態度不可。

終於，面對了他的第一本書稿《走過零下四十度》。志榮是科學人，書名裡隱含了一個常識，華氏與攝氏的零下四十度等同，於是，使用攝氏的家鄉臺灣與他住了三十四年使用華氏的美國，在瞬間消失了距離。這個零距離不是噱頭而是真實的世界。這就有了特別的意義，導引著讀者從一連串的小確幸中體味到人間百態。「走過」更是提綱挈領。臺灣氣候溫和，只有零下四十度的心境而沒有零下四十度的酷寒。走過酷寒是在美國發生的，氣溫與心境都曾經真實地處在酷寒中。

志榮走出了低谷，迎來了擁有百分之九十九溫馨，只有百分之一悲傷的燦爛人生。

正因為曾經滄海，志榮善解人意，我手裡的書稿是列印出來的紙本。字裡行間看得到志榮的善良、詼諧、促狹與誠懇。

誠懇最為重要。海外華文文壇上有這樣一支誠懇的健筆是很美好的一件事情，因之，我把沈伯伯當年的祝福也送給志榮，好好寫，不要中斷。

韓秀 Teresa Buczacki（知名美籍華文作家）

常會出現在臺北國際書展的紐約人，一則傳奇。將傳奇昇華為文學，代表作《多餘的人》、《亞果號的返航》、《長日將盡——我的北京故事》、《團扇》，多次獲獎，包括第四十二屆臺北中國文藝協會文藝獎章等。

推薦序
王志榮大於王志榮

吳鈞堯（臺灣知名作家）

我跟王志榮怎麼認識的，必須從他的文章知底細。

二〇一五年夏天，我參加洪玉芬於金門舉辦的新書發表會，她談書、也談非洲人物風情，王志榮夫妻就在滿座的書友之間。夫妻倆踏訪各國，見聞豐富，此刻安靜聆聽。一個人見了五湖四海，也好奇其他人怎麼述說五湖四海，這樣的風景便大於風景。

一年後，我應邀美國演講，其中一站在華盛頓，王志榮擔任華盛頓作家協會要職，宅邸當作招待所，容我打擾好幾天。這些細節，志榮寫在〈陳年金酒會鈞堯〉中。

很有意思的是，當時為了趕飛機，而提早自金門新書發表會離席的志榮夫妻，而今化身主人，好酒好菜招待。那晚下榻志榮家，我帶去的酒不足喝了，志榮忽然接腔，道是記得家裡有高粱，只是他不善飲，不知道有沒有記錯？他打開上層櫃子，移開幾種瓶瓶罐罐，真有高粱，一看年分，已經三十年。

找到酒，誠然欣喜，知道年分我卻心沉。不知道這瓶酒怎麼越洋過海到華盛頓？一知它的年分，我就不好奢想。這極可能是整個美東、最陳的一瓶金門高粱。

所以當主人決意開瓶，我們都沒惺惺作態，歡呼舉杯，敬主人夫妻。

美東旅，逢作家韓秀，並蒙親自下廚款待，當天怎麼去的、吃食什麼，怎麼在韓秀的引導下，細細欣賞精緻的收藏，我不善記、以及疏漏的，志榮寫就〈作家韓秀上菜〉，他的觀察不單紀錄飲食，兼敘韓秀的見聞，飲食為引，我們去的地方處處圓滿。

王志榮寫老朋友尼克，逛車房拍賣、帶槍到山裡打靶等，記尼克的奮鬥以及美國生活情趣；談乒乓球風行美國，球技之餘，提及與同事、朋友交誼；寫秋天公路上受傷的一隻鹿，描繪美國中西部、把鹿帶回家引發的後續，過程精彩，表現對萬物的惻隱，志榮寫這些篇章時，都有一個特色：把自己隱身幕後了，而讓他的所看、所聞，躍然紙面。

散文的書寫，多數在讓一事一物透過「我」看，找到最大的張力跟省思，志榮很客氣了，深知他一個人看是不夠的，而採取讓事件演出、讓過程呈現，對於一個人的內在外在、一件事的觸發跟完整，有了更大的包容。使得王志榮的散文具備報導的立體感、故事的趣味性，讀者透過文字介入時，便容易在他的書寫中，找到更多的解讀。

套句流行語，非常「接地氣」了。地，乏人踏履、沒有人關切，哪來的氣？故而「人氣」之後，才是「地氣」。人物記、地方史、飲食、文化、休閒，都有了出發的基礎。這一切，都在大方開了陳高、在聚精會神聽他人講話、導覽的王志榮身上。

二〇一八年秋天，我再度應邀赴美，於賭城與洛杉磯演講，王志榮是作家協會器重的要員，一起會議、座談，他為我的演講做了充分介紹，我上臺時，覺得根本不需要講話了，方才他的開場白，已是堅實而精彩。

期間，到訪某峽谷公園，氣候炎熱，風勢非常大，作家們都溫室植物般，不敢跑太遠，王志榮非常果決地多走了一段崎嶇山路，回頭時我問他，「剛剛做什麼去啊？」

他說，去拍峽谷公園的斷層地形。好多人不耐炎熱回遊覽車休息時，王志榮還流連車外景觀，多走一兩段路、多看一兩眼、多拍幾張照片……，這也是志榮的散文風景。

我上述的旁觀記述，志榮也寫進書裡頭。我很慶幸在他的散文集裡，演過些情節、說過些話。當時，王志榮無事人般，並未特別記錄什麼，而今閱讀，發現他比誰都記得清楚。

王志榮經常隱身，當以文字現身時，便帶上一夥人、一眾的事，他選擇參與其中，與我、我們以及他們，一起把世界推開、再推開。

吳鈞堯（臺灣知名作家）

代表作《火殤世紀》金門三部曲、《一百擊》、《重慶潮汐》等，曾擔任幼獅文藝主編，多次獲獎，包括二〇〇五年及二〇一二年兩度獲得五四文藝獎章、第三十五屆文學創作金鼎獎等。

推薦序
第一顆果實

龔則韞（知名作家、科學家、教授）

後院住了一家晝伏夜出的貓頭鷹，清晨和黃昏，他們會喔喔喔低吟。我早上五、六點起床，必披著薄袍，到院裡散步，呼吸新鮮空氣，一邊傾聽貓頭鷹的呢喃，一邊尋思靈感，做出該天的計劃與安排。

接到志榮的簡信，正是外子（志榮叫他江大哥）躺在手術檯上，鄭醫生和梅莪茲醫生給他修剪生命，我在候診室盯著螢幕，追蹤江大哥的代號何去何從，心中盡是徬徨、困惑、自責、不安。簡信裡問我是否能為他的新書寫序，這個問題澆熄我的焦慮心情。

認識志榮是在多年前的大學校友會上，那時我們剛搬來美東不久，發現他是我的學弟，但已轉行做電腦專業，日後彼此的交流幾乎是零，直到我於二〇一四年被選為華府華文作家協會（簡稱華府作協）的會長後，他告訴我要註冊作協主辦的寫作工坊上課，學習寫作，並給我他的部落格地址，我上網瀏覽，上面貼著他們伉儷去京都的多幀照片和圖片說明，照片精美，文字亦有意境。

等到他來上課，我被他對寫作的迸發熱情和渴望眼神感動，這樣的熱切，我已經很久沒遇見了。有一天，他告訴我以筆名九里安西王寫的〈車輪餅〉登載於美洲世界日報家園版，為他的寫作世界開出了海外第一朵花，他的興奮之情溢於言表，我欣喜他的努力耕耘得到了肯定。我從小愛吃紅豆車輪餅，我們的交集除了寫作，還多了車輪餅。餅、寫作，相等於味蕾、心思，都透著美味、美妙，都給靈魂帶來滿足。

他的寫作熱情一發不可收拾，手指在手機上畫個不停，秀他存著的半成品文稿，共有二十來篇，顯示他豐沛的靈感和動力。爾後又陸續發表多篇文章，題目大多聳人聽聞，譬如〈親愛的，妳要搶銀行嗎〉、〈小鹿亂撞之烏龍殺妻事件〉、〈熊的傳人也怕怕〉、〈你被開除了〉等等，這些題目特別吸引讀者眼球，興致勃勃地看完，方知是充滿了詼諧和俏皮，並無「危機四伏」。

不要以為他只寫這樣「誇張」的文章，其實也有感性的時候，譬如他報導華府的櫻花季盛開美景，在文末有浪漫的描述，在〈進京賞櫻趣〉中有「……昨夜刮了一夜的風，今天一早出門散步，隔壁家院子裡的一株大櫻花樹，昨天還是繁花似雪，竟然已經芳華落盡，換上一身淺淺青緣。這種來時燦爛，去時不拖泥帶水的特色：偶爾親友過訪，一夜杯觥交錯，也是來去匆匆。人去樓空後，感嘆『當時攜手處，遊遍芳叢，聚散苦匆匆』，年年櫻花開了又謝，歐陽修的浪淘沙，一句『今年花勝去年紅，可惜明年花更好，知與誰同。』」

這幾句文字不斷地在我胸中迴盪，我非常喜歡櫻花的純美，每年四月櫻花盛開時，整個大華府都籠罩在櫻花的微笑裡，有道是春城無處不飛花啊！據說一九一二年，日本東京市長尾崎行雄訪問美國時贈送給美國六千株櫻花，其中三千種在華府，當時的美國總統夫人Helen Herron Taft和日本大使夫人在潮汐湖（Tidal Basin）西邊親手栽下最早的兩棵櫻花。其他的櫻花樹沿著傑佛遜總統紀念堂、潮汐湖與波多馬克河栽種。才有了今日的華府人間四月櫻的盛景呢。

華府的冬天有時天寒地凍，冰天雪地，可以長達數週，此時我喜歡自製甜酒釀，總不忘給學弟捎去一罐，延展我的關懷。酒釀經過他妻子的巧手加入蛋花湯圓，溫暖他們伉儷的胃。志榮會在臉書上貼出照片，讓書友羨慕，垂涎欲滴。這種童稚之情在文章裡也會出現，實在可愛。

在〈老友尼克勞斯〉中寫著「或是一起去happy hour喝一杯啤酒，或是週末一起去釣魚、逛車房拍賣（yard sale），甚至一起帶著槍到山裡打靶。我們像是西部快槍俠的師兄弟，準備出山闖蕩江湖」正是反映出他的童心未泯，還沉湎在西部片裡荒野漂蕩，行走江湖的壯志豪情。但是他也有細膩的一面，他的老友尼克從陸軍醫學中心退役搬回老家愛達荷州，他感嘆「突然那一刻，我也好想回家，在太平洋的另一邊，父母已經不在的家還算是老家嗎？三十多年來的飄泊像是一場夢，彷彿昨天才入夢，我昨天才剛剛離開老家的啊！」

我曾經在一馬平川的內布拉斯加州的歐碼哈留學兼工作三年，彼時那裡幾乎沒有中國人，剛從臺北來，外語有限，卻要做助教，帶領實驗課，心中惶惑不安，但是中西部的人情味特別溫厚，教授、學生對我很好，假日常找我去他們的農場騎馬吃飯，溫暖了異鄉人的寂寞、孤獨、慌張。出乎意料的是我竟然在此異鄉遇見了我未來的先生（就是志榮口中的江大哥），並在那裡完成了終身大事，我們二人至今說起歐碼哈，還是回味無窮。

在山城漢彌爾頓工作，志榮〈零下四十度〉裡寫下「每天晚上，要不是北風呼呼的吹，就是夜深人靜時，四下寂靜的會令人發瘋……夜裡，世交好朋友Jenny從洛杉磯打電話來，要替我介紹女朋友，雖然最後並沒有成，但是那是那一年冬天，最令我感覺到溫暖的一件事，這個世界居然還有人記得在北海牧羊的我，所以至今難忘。」我感同身受那分令人發瘋的寂靜和對遠方朋友的呼喚。我曾經去過愛達荷瀑布，水聲日夜嘩嘩響，卻怎麼也驅除不了心中的孤寂，如此看來，不在山風水聲，恰如慧能六祖說的是自己心中的事。

志榮家每個週五晚上八點半至十點半呼朋引友到他們家的地下室打乒乓球，我們也去了好幾次。兩家距離開車僅十分鐘，所以江大哥去打球，我去請志榮幫我解決電腦疑問，建立聯合報的部落格，當然還有跟大家閒聊增進友情。正如在〈醉乒乓笑隊〉中，「剛從俄羅斯旅遊回來的隊友麥克，就拎了一瓶伏特加酒進場，要讓大家不『笑』不歸……。『醉』乒乓之意不在酒，酒不醉人人自醉，我們是借酒裝『笑』而已！」他的妻子很會做西式蛋糕，原來是得到尼克的妻子安錐雅的指點。我們之間一點一滴的友誼像堆沙成塔，逐漸堅固，他如今是我的鐵粉學弟，隨時可以給我們伸出援手，是守望相助的近鄰。

人生就是一個尋找自我的過程，從初生之犢不畏虎的意氣風發到後來的甘於澹定平凡，就是大道至簡，本於歸真。我特別喜歡書中的一段話，志榮回顧：「三十多年前的往事，經歷了人生最冷的一個冬天，一道刻骨銘心的傷痕之後，人生的溫度從零下四十度開始再一步一步地往上爬，好在有那一場無情的風雪，我在這三十多年當中，無論再跌倒，或再爬起來，都不會比零下四十度更寒冷。」

我不認識零下四十度以前的他，但是可以想像他對生物學的熱情壯志無以伸展的傷懷；我認識零下四十度以後的他，總是攝氏四十度左右，很溫暖，很舒適。時間是一劑神祕的魔方，教導我們成長與積澱，他的人生「從黑白又回到彩色，現在的我可以心平氣和地回顧那一段時間，而且一路走來，人生越來越溫暖，所有的故事都充滿著溫馨，由於心情的轉變，以輕鬆幽默的角度，笑看一段段的人生小故事。」這分酸甜苦辣鹹澀人生提煉出了豁達，使他成為一個大方的人，擁有為他人服務的胸懷，他的家開放給來訪的文友，他的文字裡透著瀟灑、大度、濃情、善意、美好，還有隱隱的幽默，暗藏貓頭鷹的智慧。

龔則韞（知名作家、科學家、教授）

與本書作者同為輔仁大學生物系畢業，美國加州大學柏克萊分校環境衛生科學與毒理學博士。著有一百五十多篇英文科研著作、《荷花夢》、《種瓜得瓜種豆得豆．遺傳學之父孟德爾》、《約會》等。有專利，多次獲獎，包括「亨利克利斯鼎紀念獎」、「二〇〇二年海外華文著述獎」、「二〇〇六年美國陸軍部科研成就獎」、「二〇一六年三軍輻射研究獎」等。

自序

這是一本跨越三十四年的留美散記，包括百分之九十九的的溫馨回憶，走出只有百分之一的悲傷。

一九八五年，帶著兩個大皮箱，手提一個大同電鍋，一個人遠到美國留學，帶「博士」回家是唯一的目標。父親是醫師，多麼希望我能繼承衣缽，但是我見血會昏倒，母親就退而求其次，「博士」兩個字就像是孫悟空頭上的金箍嵌在我的頭上，「你一定要唸一個博士回來！」則是老媽給我下了三十年的金箍咒，自我懂事以來一直籠罩在我的頭上。

在那上個世紀八零年代最冷的一天，在大風雪之後，氣溫驟降到零下四十度，我踩在一呎深的大雪中，前途茫茫一片，頭皮發麻，全身發抖，徬徨無助，無顏再見臺灣的江東父老，彷彿全世界都離我而去，但是也讓我抖掉了頭上的金箍。

我事先完全不知情，指導教授在系上的權力鬥爭中失敗，離開了蒙大拿大學（University of Montana），到Ribi ImmunoChem公司找到一個研發主任的工作，而我已經花了三年的直攻博士也不得不終止，或是更換指導教授，或改由Ribi公司提供半年的研究助理獎學金，讓我可以將部分完成的學業改成微生物碩士論文，然後走人，我選擇了後者。而且即使後來還有一次機會進入約翰霍普金斯大學（Johns Hopkins University）攻讀博士，我又選擇走不同的路，唸了電腦科學碩士。

摘了頭上的金箍，人生的道路反而更海闊天空，從讀書到工作，一九八九年進入世界頂尖的基因工程公司（BRL），一九九九年轉到矽谷頂尖的電腦大廠甲骨文（Oracle）在美東的總部，最後在二〇一一年走進全球最大的企業—美國聯邦政府，成為高階公務員。如今想來，幾乎每一步的轉變都很辛苦，過程也有些匪夷所思，更是「滾石不生苔」最好的寫照，從來沒有坐上高層，如今也不想再往上爬，只追求生活的一個個小確幸。

曾經有二十多年，不可避免地浸在全英文的環境中，連吵架和作夢都用英文，因為幾乎不用中文，許多中文字都忘了，連年節的聖誕卡和賀年片都由妻代寫，我只負責簽名。

為了紓解在甲骨文的工作壓力，二〇〇五年開始練習書法，並從二〇〇七年起在華府慈濟及黎明中文學校教授書法，二〇一六年起又接任華府慈濟人文學校副校長迄今。

自從有了iPhone，寫中文變得容易多了，不會寫的字就用注音符號去找，再不然就用谷歌翻譯（Google Translate），把英文翻成中文，甚至還可以用唸的，iPhone直接寫成中文。一個手機在手，隨時都能馬上記下心情隨筆、旅遊日記或平凡的異鄉生活回憶錄。

「寫然後知不足」，聯邦公務員的工作壓力，比在矽谷電腦大廠的壓力小了許多，也不需要加班，所以每天下了班就有機會讀書寫字，除了重新複習手邊現有的好書，和以前讀過的舊中文書之外，也由於海外中文書得來不易，這些年每次回臺灣，就帶一箱書回來，最近更常跑華府僑教中心圖書館借書，讀書和寫作就成了生活的重心。

二〇一三年初，完全意外地開始寫部落格、寫散文，六年多來，除了出遠門旅行外，大致維持一個星期完成一篇文章。二〇一六年回到臺北，有感而發寫的一篇〈車輪餅〉，被作家吳鈞堯建議去投稿，成為小學六年級時一篇〈我的學校〉刊在《國語日報》後的第二篇上報文章，於是寫作投稿成了生活的一部分。二〇一七年初起，獲邀成為美國《世界日報》華府兼職記者，再獲邀兼任《華府新聞日報》自由撰稿人，不定期撰寫《人在洋邦》與《華府過客》專欄。

儘管華府的華人不比紐約和加州人多，但是也多到可以自成一個華人小社會，各種政治、藝文和運動的活動多得不可勝數，各個華人社團競相邀稿，儘管我只限制自己報導藝文和運動的新聞，就已經忙得不可開交，寫不勝寫，寫作成了生活中樂趣的泉源之一。

理工男的文章，沒有風花雪夜的浪漫，但是一路走來，把他鄉變成家鄉，沉澱後的心情，讓人生從黑白又回到彩色，現在的我可以心平氣和地回顧那一段時間，這三十多年的歲月，人生越來越溫暖，所有的故事都充滿著溫馨，由於心情的轉變，以輕鬆幽默的角度，笑看一段段的人生小故事。

本書共收錄五十五篇文章約十萬言，大多曾發表在臺灣的《中華日報‧副刊》、《金門日報‧副刊》、《聯合報‧繽紛版》、美國《世界日報‧家園版》、《世界周刊》、《華府新聞日報‧副刊》以及《達拉斯新聞‧副刊》。文章分為四個主題：〈留學追憶〉記錄了蒙大拿大學和約翰霍普金斯大學的一些留學趣事，〈異鄉記趣〉是熱眼細看三十多年來的快樂異鄉生活瑣事，〈職場戰場〉細數如殺戮戰場般的三段在美國重大職場轉折，〈人物素描〉則是書寫與我有緣的朋友逸事，並以歐楷書法寫下「走過零下四十度」作為本書的標題。

目次

留學追憶

異鄉記趣

工作戰場

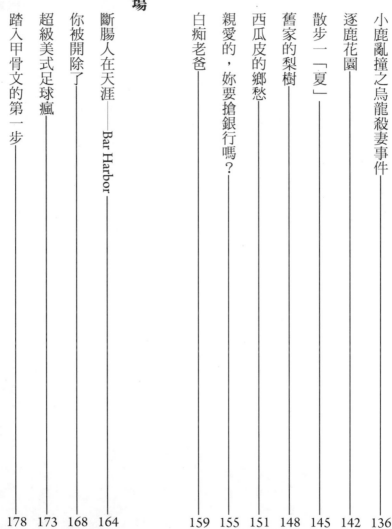

人物速寫

留學追憶

零下四十度

一九八八年下半年，指導教授在系上的權力鬥爭中失敗，離開了蒙大拿大學（University of Montana），到Ribi ImmunoChem（Ribi）公司找到一個研發主任的工作，我事先完全不知情，而我已經花了三年的直攻博士也不得不終止，或是更換指導教授，或改由Ribi公司提供半年的研究助理獎學金，讓我可以將已經完成的學業改成微生物碩士論文，然後走人，我選擇了後者。

Ribi位於蒙大拿大學所在的密蘇拉市（Missoula）南邊四十哩左右，漢彌爾頓鎮（Hamilton）的郊區，是一家剛成立沒多久的小型生物科技公司，員工還不到百人。漢彌爾頓位於洛磯山區（Rocky Mountain），苦根山谷（Bitterroot Valley）的最中端，若是要再往南走，就要穿梭於連綿不斷的大山之後，才能到達愛達荷州（Idaho）。當時是一個只有大約一千五百人口的小小鎮，但是實際住在鎮上的人很少，鎮中心只有東西及南北各五六條街，不到百戶人家，其他人則散居四周山區，放眼望去，四周群山環繞，秋冬之際更是顯得荒涼。

此鎮主要的居民是美國國家健康總署（ＮＩＨ）在洛磯山研究中心（Rocky Mountain Lab）的

研究員或員工，此中心是全世界研究萊姆病（Lyme Disease）的重鎮，當然也有不少人在Ribi及幾家木材工廠工作。整個鎮上只有我一個老中，沒多久之後，又有一家四口剛從杭州搬來的中國畫家，為了生存，開了一家小小的中國餐廳。

生活非常枯燥可以想見，我也常自比北海牧羊的蘇武，剛開始還堅持每天由密蘇拉開車通勤，但是入冬之後，幾乎天天下雪又結冰，我就在鎮上找了一間非常非常簡單的公寓住下。

搬進孤獨的小公寓時，除了一張桌子、一張椅子和一張床之外，連檯燈都沒有，更沒有其他家具及任何東西。當我第一天在收放衣服時，在衣櫃抽屜最底層發現一疊成人雜誌，《花花公子》和《閣樓》，想必是前一位孤獨的過客留下來的。

入冬之後，愈來愈冷了，北風呼呼的吹，夜裡，世交好友Jenny從洛杉磯打電話來，要替我介紹女朋友，雖然最後並沒有成，但是那是那一年冬天，最令我感覺到溫暖的一件事，這個世界居然還有人記得在北海牧羊的我，所以至今難忘。

那一天冷鋒過境，阿拉斯加南下的狂風吹襲之後，在一個小時之內，氣溫從正常的華氏十度（攝氏零下十二度）降到零下四十度。當溫度低到華氏零下四十度時，也等於攝氏零下四十度，而風寒指數體感溫度（Windchill）會達到不可思議的零下六十多度以下。若有人在室外，衣服穿得不夠，幾分鐘甚至幾十秒內就會被凍死。

雖然第二天，白天室外的溫度回升到華氏零下二十五度（攝氏零下三十二度），很難得當地所有學校停課一天，此地的學校平時幾乎不會因為下雪或天冷而停課，但是公司行號仍然正常開業，所以仍然要進Ribi報到。

早晨出門時，發現車子凍得無法發動，只好打電話給美國汽車協會（AAA），他們把我的車子拉進車場的室內車庫，技師把車架高，用吹風機的熱風把車底盤管路全部吹一遍，就一切OK了！一旦車子活過來，就必須馬上開進公司報到，到了公司，還聽同事們在談論學生，因為太冷而學校放假一天，居然大多數的人不能苟同，認為學生們太嬌貴（Sissy）了。

那是上個世紀八零年代最冷的一個冬天，當年沒有電腦、沒有網路、沒有電子郵件，只有一張薄薄的中央日報海外版，一個星期後才會接到，長途電話費又貴得嚇人，連可以說中國話的機會都很少，除了教科書之外，也只能靠著幾本讀過N遍的中文閒書打發時間。在那每個夜晚，當夜深風停時，四下寂靜得會令人發瘋，那是一種孤獨一世的蒼茫，只能聆聽自己的心跳與呼吸……。

一道刻骨銘心的博士夢碎之後，人生的溫度從零下四十度開始再一步一步地往上回溫，好在有那一場無情風雪的淬煉，在往後的這三十年當中，無論再跌倒，或再爬起來，都不會比零下四十度更寒冷。想到一千多年前，柳永落榜後寫的〈鶴沖天〉：「黃金榜上，偶失龍頭望，……，青春都一餉，忍把浮名，換了淺斟低唱。」在走過零下四十度之後，三十年青春片刻，沒有詞中的風流，卻都是淺斟低唱的日子。

與印第安公主共舞

一九八五年深秋的一個下午，朋友問我：「晚上在扁頭族印第安人保留區（Flathead Indian Reservation），有一個印第安人的秋祭跳舞大典（Pow Wow），要不要去看看？」

「那還用說，當然要去啦！」那是我到美國的第一個秋天，對任何事都充滿著好奇。

Pow wow原意為Spiritual Leader，是一種充滿印地安人靈魂的歌舞集會，每個印地安部族會為了不同的理由，在一年中的任何時間舉行，長度從一天到一個星期都有可能，但是通常一定會在秋天舉行一場。

晚上不到五點天就黑了，朋友載著我經過一個多小時黑鴉鴉的鄉村小路，來到了印第安人保留區內一個中學的大禮堂，因為是深秋，戶外已經太冷了，Pow Wow大典就在室內舉行。

到了之後，我們先找到了最前排的位子坐下，環顧四周，除了我們兩個人之外，其他都是盛裝出席的印第安原住民，但仔細一聽，他們都說著一口道地的美語。印第安人屬於蒙古人種，應該長的和我們很像，但是經過歐洲新移民數百年來有意無意的滅種行為，有些人都已經長的與白人無異。

「印第安人」是中文對「美洲原住民」的英文直譯，在沒有來美國之前，對他們的印象幾乎全部來自於美國電影中的「紅番」。而電影中的偏見和不瞭解，也常常將他們塑造成野蠻形象。

不只如此，來自歐洲的新移民還給美洲原住民造成了大災難，除了有先進的武器之外，不但將原住民的主要財產和食物—北美野牛（buffalo），獵殺到近乎絕跡，還將如天花和梅毒等傳染病帶到新大陸，疾病加上武器，幾乎讓北美洲的印第安人滅絕，又被美國政府驅趕和集中到荒蕪的印第安保留區裡生活，如今純種的印第安人已經很少了，他們通常居住在印第安保留區裡。

蒙大拿州有九個主要的印第安保留區，扁頭族在蒙州西部洛磯山區中，分布在相當於新北市大小的扁頭湖附近。

開始前，先有一個淨化儀式（Ritual cleaning），由印地安巫師右手持羽毛進行，然後Pow wow就在酋長的帶領下，一群一群的家族依序入場跳舞。每一個族的印地安人服飾、顏色或款式不盡相同，但是許多部族的酋長頭冠，都會以美國老鷹的羽毛作為裝飾。

據說，當天祭典的唱歌和跳舞仍保留著古禮。事實上，整場的祭典就由幾位男性勇士，圍著一只大鼓敲鼓，口中大聲吟著弦律，所有人就踩著鼓點跳舞。

這時，我發現旁邊坐著一位好可愛穿著傳統服裝的印第安小男孩，在沒有告知他的情況下，我用隨身帶著的速寫本，偷偷將他畫下。

當我畫好之後，交給他本人看時，立刻引起旁邊幾個人小小的騷動，而且他還讓我把他抱在懷裡，合拍了一張照。

在跳舞大典的下半場前，換舞休息幾分鐘之後，忽然有一位穿著傳統粉紅色長裙的長髮印第安女孩向我走了過來，很禮貌的問我：「可不可以請你跟我跳下一支舞？」

我還沒反應過來的時候，旁邊的朋友已替我答應了，「當然可以。」

雙人共舞並沒有身體或手的接觸，仍是各跳各的，原住民的舞步並不複雜，只要能踩著鼓點，跳了幾步就跟上了，只不過那是整場只出現過一次，只有兩個人的雙人舞，機會太難得了。可惜當時相機在我手上，忘了拜託別人把共舞的鏡頭留下。

跳完舞，場外爆出熱烈的掌聲，我們併肩走出場時，才有機會問她：「為何我有這個榮幸與妳共舞？」

她說：「我的父親是酋長，你畫的那小男孩是我的弟弟，謝謝你。」

唉……，我還以為她要召我當附馬爺呢！

酋長全家福照片，小男孩在最右，一旁長髮穿粉紅色長裙者，即是與我共舞的印地安公主

印第安小男孩速寫

大河戀——飛釣彩虹鱒魚

蒙大拿州是許多美國人認為遺落在人間的天堂，地廣人稀，山秀水清，人們可以在這裡放慢腳步，細細體會壯麗的山水。美國的電影界也視蒙大拿為「綠色好萊塢」（Green Hollywood），許多著名的電影如《大河戀》（A river run through it）、《輕聲細語》（The Horse Whisperer）、《驚濤駭浪》（The River Wild）、《美夢成真》（What Dreams May Come）等，都是在蒙大拿州拍攝的。

一九九一年老牌帥哥演員兼導演勞勃瑞福（Robert Redford），在拍攝《大河戀》之後，成了蒙大拿州的最佳代言人，他在電影裡保留小說原著中第一人稱的觀點，由作者諾曼麥克林（Norman Maclean）娓娓敘訴他家族成長與飛釣彩虹鱒魚的故事，使觀眾不只看到壯麗的山河景色，而且創造了蒙大拿州不可磨滅的經典浪漫形象。當年並獲得奧斯卡最佳攝影獎，也奠定了布萊德彼特（Brad Pitt）的巨星地位，而電影中出現的每一個小鎮或河川，也都曾留下過我的足跡。

蒙大拿州是彩虹鱒魚（Rainbow Trout）的原產地之一，魚身優美勻稱，在它身體的兩側都有一條像彩虹斑的痕迹，就是它的名字「彩虹鱒魚」的來由。彩虹鱒魚對生存條件要求高，必需要生活在完全無污染的低溫水中，長得也慢，一斤左右的一條魚要長上一年，所以肉質鮮美，屬於嬌貴的魚種。

在美國釣魚先要買好釣魚執照，雖然我是外國學生，但是因為有當地駕照，所以八零年代時釣魚執照只要十元可以釣一年，但是實驗室內另外兩位美國同學，因為持的是外州駕照，要交廿五元，他們大喊不公平，為什麼美國人比外國人要付更多錢？

許多人釣鱒魚，使用的就是大河戀中的飛蠅釣法（fly fishing），那是用一種很長、彈性很好的釣竿，很長的釣魚線，可以甩得很遠，前端繫著一隻手工做的假餌，像是長了翅膀的飛蠅。釣的時候，右手抓著釣竿，把釣魚線不停的往前甩，往右後上方拉，左手輕輕抓著釣魚線用以控制線的長度，如果技巧熟練，甩桿的動作像在空中畫圓圈，非常瀟灑令人賞心悅目。甩竿的目的，就是要把前端的假飛蠅輕輕地碰觸水面，暫時浮在水面，因為水裡的鱒魚就喜歡吃暫停在水面的飛蠅。所以我常感嘆，這些被釣起的鱒魚，連吃到的最後一餐都是假貨。

那年春假中的一天，美國學生都回家度假了，一大早，教授帶著我沿著大山裡的產業道路開了一個多小時的車，然後在一處沿著溪流的產業道路邊停了下來。再跟著他走了一段山路之後，來到一處河邊準備釣魚，當時面對著滿眼青綠的大山，似乎也麻木地認為是理所當然的風景。

此時我才發現，他除了釣竿之外，並沒帶餌，正要開口問時，只見他穿著鞋子就往水裡走，用手搬開一塊石頭，從石頭下抓了一隻一隻的蟲，含在口中。他又連續抓了很多隻後，才一起放進一只帶來的三明治塑膠袋裡，回到岸邊交給我。

說：「這就是你的餌。」

並且告訴我：「找一處河灣水深處，才會有魚。」之後，又再回到水中。

我當然也學他，跟著走進水中，可是還不到三秒鐘，就受不了逃回岸邊。「我的媽呀！這河水也未免太冰了。」其實不遠的山頭還是白雪覆蓋，河水的溫度幾乎就是攝氏零度。

只見教授走進更深的水中，拿起飛釣竿，用假的飛蛾餌，開始一竿一竿地飛甩，沒多久就有一隻鱒魚上鉤。

因為我不會飛釣，我只能在岸邊找一個河岸轉彎處，有大岩石的地方，坐著或站在岩石上釣魚。每釣到一條鱒魚後，或是等很久魚不上鈎，就要換地方，因為一個河流轉彎的角落只會住著一條鱒魚。

教授雖然釣到不少條鱒魚，但大多都被他放回河中，最後只留兩條。他說他只是在享受飛釣的過程，而不是成果。其實，釣魚執照規定可以留五條彩虹鱒，而且也只能留五至十二吋之間大小的公魚。

我沿著岸邊上上下下，找了幾處河灣，也釣到兩條鱒魚，都是最上等的彩虹鱒，當天晚上就用大同電鍋清蒸下酒。

至於《大河戀》電影上檔的時候，我早已經離開了蒙大拿。看了電影再買一本原著小說來看，回想電影和原著小說內提到的許多釣魚地點，就是我們當年釣魚的地方，或是也離得不遠。而再回去釣一次魚的想法，或許只能留在夢中了。

小仙女伴我越野滑雪

好像二〇一四年美東的冬天特別冷，數不清到底整個冬天下了幾場雪。有一天剛剷完雪，坐在沙發上，回想三十年前由亞熱帶的臺灣，來到北國的山城密蘇拉（Missoula），十月就開始下雪，有時候到了五月還會飄雪。

當地人說，一年十二個月都有可能下雪，我就真的在一九八八年的八月二十五日，開車經過另一個山城Butte時，天空飄著毛毛細雪。

所以來到此山城，怎麼可能不去滑雪。然而滑雪有兩種，一種是下坡道滑雪（Downhill Skiing），由上往下，快速滑雪，比較刺激驚險，另一種則是在原野上的越野滑雪（Cross Country Skiing）。兩者所用的雪橇也不同，越野用的雪橇比較細也較長，比的是體力與耐力。

一九八八年底，我第一次去越野滑雪，我們去的天然越野滑雪場是在蒙大拿（Montana）和愛達荷（Idaho）兩州交接的一千多公尺高的洛磯山脊上（Lolo pass），因為是山路，又是冬天，可以想見路況非常不好，可是當地人，似乎司空見慣不以為意。麗莎（Lisa）的男友大衛

（David）開著那輛紅色日產小車，毫無困難地開到了山脊，停在一處平坦的天然停車場，此時已經停了有十數輛車。

事實上，即使是停車場的地面，都覆蓋著一層厚厚地由雪被壓成的冰，四周都是高聳入雲的原始森林。那天的天氣非常好，雖然仍是華氏零下十幾度（攝氏零下二十多度），但是天空藍得沒有一絲雜雲，斜射的陽光經由雪地的反射，加上背景的山林，簡直就是一張純潔無邪的風景月曆。

麗莎事先在家時就替我找到了一雙完全合我腳的雪橇，來之前在她家就先試穿過。此時我在車邊穿上雪橇，跟著大伙兒慢慢的滑向森林入口處，他們再度教我，提醒我如何越野滑雪，整個越野場是環形，總長度有好幾英里（不記得確切的長度），有森林、有開闊的平原和山谷，有可能在途中會裊無人跡，但是只要順著雪橇壓過的痕跡滑，就不會走丟，最後一定會滑回入口處來。

就在此時，可能是因為腳癢，我把雪橇打開，想脫鞋，只見所有的人都指著我大叫：「No！」但是說時遲那時快，一切都太遲了，我的左腳已經陷入雪中，一直埋到大腿，好幾個人滑過來幫我才把腳拔出來，原來我們的腳下可能已經至少有一至兩公尺的積雪。

大伙兒們約好了大致回到原點的時間之後，就開始轉頭滑進雪道，一個接一個住前滑。

如果在沒有坡度的地方，雪地又滑，往前的動力只有靠雙手上的滑雪杆往後撐，如果是下坡，那就很輕鬆地往下滑，當然有下坡就會有上坡，上坡時要把雪橇前端打開向外，成倒八字型，像企鵝走路，再用滑雪桿撐，一步一步地往上跨行。不論如何，說的還是比滑的容易太多啦！剛開始時，在不太會使力的情況下，只有一個字可以形容，累呀！

不過慢慢地，我也漸入佳境，愈滑愈順。然而不記得過了多久，我才發現，所有一起出發的朋友們都已經不見了，四下只有我孤零零的一個人，伴隨在像鑽石般的遠山近嶺之間，在雪中反射的刺眼陽光，和冷冽卻低沉的輕呼風聲之中，奮力地向前滑。

也不知道過了多久，由一片開闊的雪原，滑進了一片高聳的松林中，雪道就蜿蜒在一棵棵千百年的松柏之間。

就在此時，突然隱隱約約聽到背後一直有稀稀嗖嗖吱吱喳喳的聲音，好像一群小孩的說話聲，跟在我後面。我停下來，回頭看看，只見陽光由樹梢空隙中一條一條地撒下來，在輕輕的松風吹襲下，空中飄著滿是從松針上吹散下來的小雪霽，像極了彼德潘（Peter Pan）旁小仙女（Tinker Bell）手中的仙女棒所揮出來的金粉（pixie dust），映著陽光一閃一閃亮晶晶，然而前後卻看不到任何其他人影。

這些一路跟著我的聲音，難道是森林中的小精靈？還是……，不！我想一定是小仙女在後面跟著我，心頭還是難免一驚，於是我轉回頭向前繼續滑了幾步，又聽到了人聲，確定是一群小孩子嘻嘻哈哈跟在後面追逐的聲音，這時候我飛快地轉頭，把毛線頭套脫下，把墨鏡摘下，哪有見到半個人影……？

就這樣連續了幾次，轉了幾次頭之後，上上下下前前後後仔細觀察，才發現，哈！原來雪道上布滿了松針，在經過冷凍之後變得非常脆，當雪橇壓過，就會發出很小卻又清脆的聲音，像是一群小朋友吱吱喳喳的吵鬧聲。

到了此刻，我才大大的鬆了一口氣，放下了所有的心防，在小仙女的仙女棒指揮下，和小精靈們松針細語地跟隨，伴著金光閃爍的雪霽，和輕拂低吼的松濤聲中，繼續滑完了全程。

Jerry天體野溪溫泉

那一年，我還在研究所當助教，有一天一位老美學生問我要不要去泡湯，而且要立刻出發，由於此地是洛磯山區，所以到處都有溫泉，也有許多很好的大Villa和溫泉旅館，之前曾經去過兩家溫泉大旅館泡湯，所以我不疑有它，帶著泳褲和毛巾就跟著去了。

可是當我坐上車之後不久，就發現有些不對勁，怎麼車子往深山裡開，愈開愈荒涼，海拔也愈來愈高，還好大約一個鐘頭不到就到了，車子停在路邊，路旁有一個清水國家森林（Clearwater National Forest）的大看板，旁邊還停有另外兩輛車，四面全是原始森林。學生說：「跟我走，可能還要再走半個小時才到。」

「真的嗎！」我心中非常納悶，「不是去溫泉旅館嗎？有誰會知道，在這深山老林中會有一個溫泉旅館呢？」

此時才聽得那個學生說：「這是一個天然溫泉，沒有任何人工設備，就不過是幾個大大小小天然或人工挖的溫泉水池。既然是天然的溫泉，泡水的人也要天然以對嘍！」

其實這個Jerry Johnson Nature Hot Spring溫泉位於愛達荷州（Idaho）內的清水國家原始森林區之中，但是由於距離蒙大拿州（Montana）的密蘇拉市（Missoula）比較近，蒙州人總是認為此溫泉在蒙州。

雖然還是初秋，但是這裡的海拔比較高，地面已經有一點點積雪，好在步道上的雪都已經被踩平了，還算好走。我們沿著步道走，先走過一條窄窄的溫泉小木橋（Warm Spring Bridge），然後步道是沿著小溪走，兩旁盡是高聳的原始森林，而步道應該是完全靠人走出來的小徑，走在上下高低左右在蜿蜒的林子中，一路沿著湍急的溪水岸邊上坡前行。

大約走了二三十分鐘吧，出了林子，視野豁然開朗，一小片沒有樹、不太平坦的空地，因為在溪邊，所以一眼望去，都是大大小小的鵝卵石，和東倒西歪的枯木，但是遠遠看去，許多地方都冒著白煙，我們馬上放快腳步往前衝。

而當我一馬當先，衝到步道旁的第一個水池邊時，停了下來，有點傻眼不知所措，因為水中躺著一位頭朝天大字形的年輕裸女，我呆了幾秒鐘之後，回過神，把頭抬高若無其事地慢慢走過去。

此處大約是一個籃球場大小不規則的空曠河岸，而這一片空地有溫泉流淌比較溫暖，所以沒有積雪，分布了五、六個大小不一的池子，應該都是天然形成的，只有一個池子稍大，但是也只可以容下不到十個人，其他的池子都只能容下三、四個人就滿了，四周及河的對岸，仍是原始森林及山壁。

每個池子的四周都圍著一些大大小小的石頭可以坐著，山壁的石頭縫中則滲出潺潺熱泉，以及地下冒出的溫泉，就直接注入水池，水池溢出的水，則流到旁邊的溪中。可能也是因為不斷有活水注入，所以每個池子的水都非常清澈，但是水溫各不相同，其中最大的池子水溫適中，而比較靠近河邊的小池子，就有點太涼了。

我們在旁邊的林子裡換上泳褲，先找一個水較冷沒人的小池中沖一下，再坐進最大的水池中，此時才發現水中已經坐著兩位年輕的天體男女，他們的英文帶著某種口音，一問之下，竟然是來自德國的登山背包客，那個年代可是沒有網路或手機，他們是在旅遊書上找到這個溫泉，而且已經在旁邊的空地上紮好了帳篷，準備晚上要在此過夜。

此處海拔很高，地勢陡峭，旁邊的小溪水流急湍，兩岸高高低低的岩石聳立，流過這溫泉區的溪水則比較平緩，不過溪水可是和冰一樣冰，正好可以洗三溫暖，空地上大部分都沒有雪，只有稍遠靠近森林的地方仍有一些雪。

岩壁旁，緊鄰溪邊還有另一個冒著煙的水池，本來想過去坐坐，無奈有另一對年輕裸擁的情侶，無視旁人的存在，口沫橫飛地熱吻，好像隨時可能會更進一步的行動，我們只好躲得遠遠地。

每個人都在熱水池中坐坐，再到溪中的冰水中泡泡，來來回回幾次，當時年紀輕也不怕血壓高。當這些老外站起來，要離開水池前後，或打招呼，或是面對著講話，都非常大方，害得剛開始的時候，我的眼睛想看，又不好意思亂看，總而言之，就是不知道要看什麼地方才好。

其實當時的我，面對著年輕健美的西方男女天體，而且就近在咫尺，難免心跳加快，血脈賁張，眼珠子都快掉出來了，尤其又只有我一個東方人，所以更是要強忍著興奮，和快要蹦出來的心臟，拚命地保持冷靜，深怕出糗。

還好當我自己也來回冷熱水兩次之後，心情平靜多了，反而覺得有些不自在，因為只有我一個人身上還穿著東西，於是最後我也只好放棄堅持，天體見人，不然他們可能會以為我是怪物，和他們長得不一樣。更何況當年我有練過功夫的身材，雖然不會太壯，但是自認也不致於被老外比下去。

此溫泉號稱是天然溫泉，完全沒有任何人工設備，不分男女，連廁所都沒有，然而並非強迫的天體溫泉，是否穿泳衣只是一個選項。

當次年夏天，我第二次再來泡湯的時候，就遇上一家五口人，全家在此露營洗溫泉，便是全都穿著泳衣。

順便一提：根據愛達荷州的官網告示，一張是否穿衣（Clothing Optional）的告示，已經在二〇〇九年被拆除，但是大多的訪客仍然是堅持天體，而且官網也不建議野營，因為此地常常會有黑熊出沒。

西部練槍

美國經常發生許多嚴重的槍擊事件，每個事件都造成十數人，甚至數十個無辜的人死傷，在國際上也造成轟動。事實上，在美國幾乎每天都有槍擊案，只不過有些案子不嚴重，沒死人或是只死了一兩個人，沒有造成轟動，報紙連登都懶得登，或是篇幅小到讀者都看不到，對許多美國人而言，似乎早已習以為常，不會大驚小怪。

美國的警察對付反抗的暴徒或逃犯，通常就乾脆一槍打死，因為警察也不知道，這些人手上有哪些合法的武器，曾經就發生過交通警察攔下違規駕駛，結果這位駕駛下了車，竟然回頭就用合法買來的衝鋒槍掃射警察。所以警察往往必須要在暴徒動手之前先開槍，當然也造成不少冤魂，曾經有一個小男孩，因為手上有一把玩具槍，而被打成了蜂窩。

在臺灣，當過兵的男人當然都拿過槍、打過靶，其他人除了黑道兄弟們和警察之外，很少人會擁有槍。但是不論男女，大概我們這一輩至少在高中，或大學時的軍訓課都有打過靶的經驗吧。記得我在高中時打靶，用的還是日本二戰時用的三八式步槍，不知道現在的高中生，是否還有打靶，甚至還有軍訓課嗎？

美國人則不同，全美槍枝的總數可能比人口總數還多得多，我有不少老美朋友，就擁有不只一把槍。當然，只要老美想打靶，幾乎隨時隨地，每個大小城鎮都有不少靶場，都可以有機會打。我的外甥和外甥女，住在印地安那州，才讀小學，人還沒有來福槍高，白人爸爸就常帶著他們去靶場，拿著大槍、小槍打靶。

馬里蘭州有相對比較嚴格的槍械管理法，二〇一七年十月一日通過更嚴格的新擁槍法案，不能隨意購買或攜帶槍枝。然而隔一條河的維吉尼亞州，對槍械就沒有太多管制，只要滿十八歲就可以合法公然帶槍在身上，只對自動式的槍（如自動步槍，衝鋒槍）有較多的限制，但是如果想買還是買得到，上星期在華府海軍基地大開殺戒的自動步槍，就是槍手在維州合法購買的。

更不用說美國中西部那些州了，他們認為擁槍是憲法賦予及與生俱來的權利，這是生長在臺灣的人很難想像的。前幾天在亞利桑那州，一對年輕的情侶，急著想要親熱一下，男的想把腰帶上礙事的手槍拿下時，不小心動到了板機，就把女朋友打死了。

一九八八年春的一天，研究生時的老朋友尼克（Nick）到研究室來找我：「嗨！九里安（Julian），我們週末去練槍。週六上午九點來接你，憶平（Yiping）和布萊德（Brad）一起去。」

星期六上午，我們四個人先到商場（Shopping Center）內的槍店買子彈，槍店隔壁就是一家大型超市，槍店內陳列著機關槍、衝鋒槍、阻擊來福槍、到各式手槍，幾乎什麼槍都有，連你想像不到的槍他們可能都有。當年如果你想要買自動步槍或衝鋒槍，只需要出示駕照證明已經成年即可，而其他非自動的手槍、來福槍，付了錢立刻帶走，一句話都不會多問。

到了槍店我才知道，他們共帶了三把不同款式的手槍，那時候的我也傻傻地完全不認得是哪種款式，只認得其中一把是左輪槍，另一把特別重而已，我們每把槍各買了一百發子彈，總共三百發子彈上路。

他們把車開到遠離市區一個山谷中的靶場，所謂靶場只是一個三面有小山峰環繞的一片小平地，無人管理。山谷右手邊有一排木製的平臺，槍手站在左手邊二、三十公尺遠。因為是在山谷中，除非你把槍朝天空打，否則子彈不會飛出山谷，就算打出山谷又如何，四周不知道多少哩地也都渺無人煙，他們說其它地方也有正式的付費靶場，但是我們都還是學生，錢能省則省。

我們到的時候，靶場已經有不少人了，每個人都帶了一些空的可樂鋁罐，裝滿沙子，擺在山谷右邊的木製平臺上，每隔二十五分鐘，大伙自動停五分鐘，讓所有的人從新排好可樂罐。我們在空檔時把我們的可樂罐排好，回到左邊開始對著可樂罐一槍一槍地打。

算一算每個人打了七十多發子彈，即使是手槍，後座力仍然很強，記得打完後，手還酸了好一陣子。

Wild West西部練長槍

一天，喬依（Joe）邀我星期六一起去練長槍，「我們打的是狙擊手用的來福槍。」在讀研究所的時候，老外學生或同學找我去作一些從來沒做過的事，只要不是壞事，我絕對是來者不拒。

由於當年我拿的是助教獎學金，所以必須要親自帶微生物實驗課，喬依是其中一個學期我課堂上的學生，年紀比較大，可能比我還大，結了婚有兩個小小孩，稍微有點經濟基礎，再重新回到大學把學位讀完。這種老學生通常比較用功，而且對我這個老外助教比較友善。

大部分美國人上大學父母不出錢，父母教育子女的責任只到高中畢業，所以很多大學生必須半工半讀，正因為花自己的錢，所以會比較用功，有時候甚至會休學一年全職打工，賺足了錢，再回學校把書讀完。所以我發現大多數的美國大學生會比較珍惜讀大學的機會，好好用功，美國的教授也不會放水，該當的就當，不會像臺灣的大學生，是父母付學費「由你玩四年」。

星期六上午，他開了一輛小卡車來接我，槍就放在後座，幾乎和車寬一樣長。當時在蒙大拿（Montana），槍放在車上或帶在身上是完全合法。記得早年所看的西部電影，快槍遊俠總是腰邊帶了一支左輪槍，馬背插一支長槍，當天只不過把馬換成了小貨卡車而已，而且他的槍比電影中用的來福槍高級多了。

因為這次練打的是長槍，和上次打靶時用的是手槍不同，所以不能到手槍靶場去打。他把車開進了一個離市區很遠，沒有太多樹的山谷，沿著山谷的左邊一條沒鋪柏油的產業道路向前開，最後沒有路了，還是一直開到不能再開了才停下來，在沿著山邊的土坡上，放下了五個一加侖大小，裝滿水的白色牛奶塑膠罐。我們再上車，住回開，他把車開到山谷對面的路上，所謂的路只是有兩行輪印，顛簸了許久，找到了五只牛奶罐的正對面山坡停了下來。

當他把來福槍從車裡拿出來交給我時，我用手一接，還好他事先提醒了一下：「小心，很重喔！」，不然還差點掉到地上，真重。他又拿出一支槍用望遠鏡，至少也有三十公分長，可以架在槍上，作為瞄準之用。

這種槍所用的子彈比我的大姆指還粗，十多公分長，因為每一發五元美金，所以他只帶了十二發子彈來。當年我的助教獎學金，扣掉房租和必要開銷，一週只剩不到三十元零錢可用，而十二發子彈就花了六十美元，當時一加侖的汽油才七毛九，現在是三塊九毛九以上。

他找了一小塊比較平坦的草地坐下來，因為沒有槍架，必須把腳彎起來，把左手肘架在膝蓋上，再把槍舉起來，用槍上的望遠鏡瞄準山谷對面的牛奶罐，山谷大約是七、八十公尺寬，用肉眼看過去，牛奶罐只是五個小白點，但在望遠鏡裡則是大多了，而且非常清晰。

喬依稍微把望遠鏡和槍調整了一下，戴上耳罩，才打第一槍，就把一個牛奶罐打翻，水花塵土四散，槍聲的回音在山谷中久久不散。

這一切看似非常理所當然地簡單，等我依樣畫葫蘆地坐下來，把槍舉起來，才發現沒那麼容易，光是用左手把槍舉起，架在膝蓋上，維持三秒鐘不動，就非常困難，然後還要用望遠鏡瞄準，扣板機，而槍托必須要用肩膀和手臂用力夾緊，否則擊發時的後座力，是可以把肩膀打斷的。

我連開了三槍都沒打中，不是太低打到土裡，就是太高打到上方的山壁。我們一個人可以打六發，喬依總共打中了三發，最後，我總算也打中了一發。

二〇〇二年，大華府地區發生一連串隨機濫殺無辜的恐怖攻擊事件，狙擊手用類似的來福槍加了滅音器，躲在一輛改裝的大車行李箱中向外射擊，好幾位無辜的受難者，冤死得不明不白。在歹徒還沒有被抓到前的那一個多月，華府包括馬州和維州的一些餐廳，平日搶不到位子的戶外雅座，甚至室內靠窗的位子，都空空如也，沒人敢坐，因為狙擊手可以從百米以外的藏身處開槍，一槍斃命。

回想當年那些比我的大姆指還粗、十多公分長的來福槍子彈，就不寒而慄。

第一次在美國考駕照

民國七十年代初期的臺灣，家中有自用小轎車的人還不太多，所以出國的留學生，很少會在臺灣就擁有駕照。在我大二的那一年，父親買了生平第一輛自用小客車，小小的福特小雅士（Ford Escort），我也就去考了駕照，偶爾也會開車出去幫父親辦一些事，或是出門遛躂。

來美國的第一天，一位非常熱心的老鳥學長，也是臺灣來的同學，英文名字叫Roc，他就開著一輛十多年老日產Datsun Station Wagon休旅車，帶著我到銀行開戶頭，把身上帶的萬通銀行旅行支票存進銀行，然後再帶著我到市中心（Downtown）走走，順便買一些生活必需品，而市中心就是在火車站前的幾條街，無非就是些銀行，政府辦公大樓，一些商店和酒吧。

走沒多久，我們看到監理所也在市中心，Roc就建議我拿一本考題小冊子回去讀看看，趁著離開學還有一星期，盡早拿到駕照，而且很大方的告訴我，可以借他的車去練習準備路考，我也順便多帶了幾本小冊子給其他的同學。

當時雖然我有國際駕照，但是監理所不讓我直接換成永久駕照，必須要重考，我也不敢確定美國的駕照是如何考，因為以前的留學生極少來美國之前就有駕照的，所以我沒說，這位好心的學長，也完全不知道我早就會開車。

隔天，我和兩位臺灣同學和另外兩位大陸來的同學，就商量趁著學校還沒有開學的這幾天，先把考駕照的筆試考過，其他的臺灣同學們，也都是第一次考駕照筆試。而對當時剛剛可以出國留學的大陸學生和訪問學者而言，更不可能會開車。至於路考，大伙商量可以借Roc的車練習一段時間後再去考。於是大伙一起研究這些英文考題，老鳥們也提供一些他們的經驗，但是對我而言，考駕照的筆試，不過就是中文翻譯成英文而已。

由於我們幾位新生都沒有車也沒有駕照，出門都需要有人帶著，就在開學前的星期五下午，趁著要再去城中心銀行辦事，我就請Roc學長順便帶我去考筆試，當然很快的完成筆試，只錯一題過關。

正要離開時，辦事員對我說：「考路考通常要先預約，但是現在是今天最後半小時，沒有人預約，所以路考官有空，要不要順便考一考？」

此刻，我才告訴學長，其實我早就會開車，於是學長就很大方的把車借給我去考路考。上車之前，學長把我拉到一旁，特別提醒了幾個要點，例如：「上車後先調好椅子、後視鏡和繫好安全帶，然後聽路考官的指示前進，Stop sign前一定要完全停車，轉彎前一定要打指示燈，換線前和倒車時一定要回頭看，不能只看後視鏡，路人永遠優先……等等。」因為Roc學長非常清楚，這些在美國的基本開車禮儀，正是當年以及現在仍然是臺灣的開車族最缺乏的好習慣。

上了車之後，路考的過程和臺灣的監理所考場完全不同，也就是載著路考官在市中心的幾條街上轉一圈。我就照著學長的話，小心翼翼地開，至於開車其他的技術問題如路邊停車，倒車入庫，就完全難不倒我，而且考官總是挑了個好大的車位讓我試，我當然可以一次就把車停得方方正正。

當我倒好了車，路考官問我：「你車開得很好，以前應該有開過吧？」我給他看了我的國際駕照後，照實回答：「開了五年。」考官就說：「回去吧！你過了。」

回到宿舍之後，幾位新同學圍上來七嘴八舌的問：「筆試容易嗎？題目一樣嗎？」我就把熱騰騰的駕照往桌上一放，讓大伙兒眼睛為之一亮，「這是真的嗎？」、「原來駕照這麼好考！」

後來，他們每個人都吃了些苦頭才拿到駕照，沒有一個人可以第一次就考過的，其實學開車並不難，只是路考官好像不願意讓第一次考試的外國學生輕易過關。

▍拉風的多手紅色龐地亞克破跑車

後記——

我在第二學期用六百美元買了第一輛多手的古董車，那是一輛看起來很像跑車的紅色龐地亞克破車，雖然很拉風，但是美國車老是愛出問題，動不動就鬧彆扭，因此到了第二年，在我確定仍然有助教獎學金以及學費減免之後，換了車，將才開了不過八個月的問題車賣掉，結果還是賣了六百元。

也就在第二年，來了一位臺灣的女生，她是在高雄開業的名醫父親帶著來，下了飛機就直接問：「哪裡可以買新車？」我把他們帶到豐田汽車經銷商之後，他們竟然一邊看一邊喊著太便宜了，很快就看對了眼，馬上用現金支付，買下當年最新最貴的紅色豐田跑車，立刻把車開走，絕塵而去，留下瞠目結舌的我們。

聖誕餐會的炒魷魚線米粉

話說當年還在唸研究所的時侯，學校每年的寒假，通常是從聖誕節的那一週開始，山城的屋外往往已經是一片銀白世界，系研究生的聖誕餐會，一般在聖誕前一週的星期五中午舉行，邀請系上所有的教授、行政人員和研究生一起，在微生物準備室的教室舉行，餐會之後，每個人相互抱一抱、道一聲聖誕快樂（Merry Christmas），然後各自捲舖蓋回家過節，放寒假。

餐會是以美國人最喜歡的一種Potluck方式舉辦，主辦人只要提供場地，再準備幾道菜，可以比較省時省力，每一位參加的人都要帶一道菜，通常是比較拿手或特別的菜或甜點。這樣的餐會可以讓每一個人都有參與感，也使得餐會的菜色多樣化，而且不論在家裡、或是辦公室裡都可以舉辦。

我們微生物系研究生學會，在系上擁有好幾臺飲料販賣機，販賣可口可樂、各式汽水、果汁等飲料。然後每年都會利用這幾部販賣機賺來的錢，替研究生的聖誕節餐會以及暑假烤肉派對提供經援，例如從校外的餐廳買幾道烤雞、烤肉、披薩餅等大菜及一些水果，當然汽水和果汁飲料更是開放免費喝。

那時候，我們要買中國食品雜貨，往往要單趟開四個小時的車，到華盛頓州的史波肯（Spokane）去買。也有一位華裔越南人，每一個月專程開了一輛中國雜貨車，到學校來賣中式南北雜貨，當然東西有時候不齊，也比較貴，但至少讓我們不必冒著冬天的風雪長途拔涉。

一九八七年的那個冬天，剛好在聖誕餐會的前一週，買到一包韌性十足的臺灣新竹米粉，所以我決定帶一盤炒米粉赴聖誕餐會。炒米粉以雞湯作底，用一些青菜、切絲的煎雞蛋和洋火腿，只放很少的生抽醬油，炒成一盤紅黃綠白相間的炒米粉。

當我走進教室，把炒米粉放在桌子上之後，跟據過去幾次參加餐會的慣例，每一個人都探過頭來看看，到底我帶來了什麼好料理。

果真不出我所料，每一個人看了之後，都叫了一聲：「哇！這是什麼？」

我的指導教授Dr. Gustafson也把脖子伸的長長的看了好久之後，伸出手捏了一條長長的米粉在手上，皺著眉頭，問我：「難道這是…？」

因為那年的夏天，指導教授曾經帶我去釣過魚，而且當地人也多酷愛釣魚，我知道他在想什麼，於是我有了一個突發奇想……

我一本正經地回答說：「沒錯，正是『中國式』的釣魚線，要在水中泡幾天，等線軟了之後，再拿來拌炒青菜和火腿……」

看來教授似乎有些半信半疑，但是旁邊圍著一堆的同學和教授們七嘴八舌，「好像是真的釣魚線耶！」，也有人懷疑的說：「怎麼可能……」

總之，老美認為有五千年悠久歷史的中國菜，什麼都有可能，似乎有幾個人相信了。

然而，看到他們研究米粉的表情，我已經快忍不住了，於是走到教室外大笑三聲，然後再轉頭，一本正經地走回教室裡，解釋道：「這是用米做的……臺灣米粉（Taiwanese Rice Noodle）！」教授才狂笑著說：「我說嘛！怎麼可能……」

幾天前，也是聖誕節前，我在馬里蘭的家中，又用新竹米粉及一桌子中國菜，宴請一位當年研究所的老美同學尼克全家四口，就是當年帶我去打靶的尼克（Nick），現在他可是美國陸軍醫院的資深主任醫師了，我們在飯桌上提到三十年前的這個新竹米粉老故事，並和他們分享我的部落格，雖然他看不懂中文，但是還依稀記得當年的情景。

尤其是他們那一對在美東馬里蘭長大，吃過各式各樣中餐的子女，更是笑得樂不可支。

後記——

此文刊登之後，很多文友留言，「這篇文讓我想到了三毛」、「哈哈！記得三毛在〈沙哈拉沙漠〉中寫道：做了一道炒雨絲」、「哈哈哈哈，當年三毛也是騙她老公，說『冬粉』是原住民把『雨』冷凝後做成的」，看來釣魚線米粉也將成為經典。

一個南瓜派的酸甜苦辣

感恩節（Thanksgiving）是美國人一年當中，最有美國特色的一個節日，它在每年十一月的第四個星期四，對大部分的農民而言，代表著一年的農忙結束了，感謝上天賜予的好收成，開始準備所有入冬的食物，而南瓜派就是感恩節最傳統的代表食物之一。

那年秋天來到美國新大陸，由於是單身，第一學期沒有研究生住房，就住進學校宿舍，每天的三餐都在宿舍的食堂裡打發。食堂裡的食物不差，All you can eat的包肥（Buffet）自助餐，從一開始的生菜沙拉、每日主食、水果，到甜食、飲料，到最後的冰淇淋甜筒，每項食物通常都有好多種可以選擇，肚子大的人可以全部都拿，但是只能在食堂內吃完，除了冰淇淋外，都不能帶出去。

開學沒多久之後，有些同學就開始受不了，那重重奶油味的義大利麵，食之無味的水煮青菜，又沒有米飯，尤其那時候中國大陸剛開放，有一些年紀比較大的訪問學者，吃美國食物比當年下放農村時吃得還痛苦。而我卻是吃得好開心，每餐完都會帶一個不同口味的冰淇淋、雪糕、或甜筒出門回宿舍，三個月後，就多了二十磅。

到了十一月，已經下了很多場雪，因為剛來也沒有車，所以每個週末就走過宿舍後方的步道鐵橋，到河對岸的超市買些日用品。剛開始下雪時，好興奮呀！唱著踏雪尋梅，在鐵橋上觀賞飄飄雪花，好不詩意，然而天愈來愈冷，雪愈下愈大，不到五點天就黑了，詩意也成了負擔，穿著厚重的大雪衣，帽沿也愈拉愈低，開始看到雪就有點討厭了。

感恩節前一週，系上最大牌的一位教授發出邀請函，邀請所有外籍學生感恩節當天到她家吃感恩大餐，那天我就搭老鳥同學的便車一起赴宴。

教授住在城外的一個山谷裡，車子出了城，兩旁的原野，農場和山林，在白雪覆蓋之下，只有黑白兩色，當天色慢慢暗了下來，車子穿越出了一個兩旁原始森林的小山頭時，所有的人都叫了出來，「呀！」

眼前的景色是，漫漫白霧籠罩的小山谷，靄靄白雪覆蓋的原野，天尚未全黑，灰暗卻有一點藍的天色下，可以看到尖出的教堂屋頂和樹頭，與冒著白煙的小煙囪，漂浮在霧氣之上，而點點的燈光一閃一閃地，從霧色中隱隱約約透出來，好像一張如夢似幻的聖誕卡。

教授家是一幢超大的農場，有室內溫室菜園及溫水游泳池，來到室內，餐廳桌上擺出豐富的感恩大餐，有烤火雞、紅莓汁醬、火腿、紅薯、洋芋泥、玉米、青菜，居然還有牛肝，及一大堆各式甜點，和絕對少不了的南瓜派，而許多的食物都是我當時人生中第一次嚐到的。

然而快樂的時光總是走的特別快，當我們要告別前，教授特別拿了尚未開封的一個完整南瓜派給我，她說：「就你一個人是住宿舍吧？明天食堂不開伙，這個派給你帶回去。」

第二天，宿舍果真空蕩蕩地，因為所有的美國學生都回家過節了，只剩下少數外籍學生。一大早，我就頂著細雪，踏過鐵橋進城，想買一些吃的東西，竟然發現，城裡所有的店面、超市，全都掛著「感恩節休市一天」的牌子。

只好落寞地走回宿舍，把教授送的派拿出來分成三份，早餐，中餐和晚餐各吃一份，我一個人好像被全世界遺忘了，在空蕩蕩的宿舍裡吃著南瓜派，喝白開水，靠著那一個派活了一整天。

在之後的許多年，南瓜派成了我的拒絕食品名單之首，一直到結婚之後，為了推薦妻子吃派，再嚐了一口，瞬間所有記憶中的酸甜苦辣全湧了上來，但是卻不再怕了，從此由拒絕名單中除名。

美國助教騎哈雷重機

在臺灣從南到北，從基隆到屏東，所有的大城小鎮都是滿街的機車。父親是醫師，從前他的診所裡，幾乎天天都有騎機車摔傷或出事的病患，所以即使父親早年自己也騎機車，卻不允許我們騎，更不用提有機會騎重機了。

在美國唸研究所的時候，因為最初兩年拿的是助教獎學金，有些助教只要替教授改改作業就好，但是我們必須要帶實驗課，直接面對學生。雖然美國的學生比較沒有尊師重道的習慣，不過他們會把老師當成朋友，直接呼其名。如果教得好，其實學生們大多還是很友善，而且每一班也都會有特別貼心的學生，比較少有調皮搗蛋的學生。

每門微生物實驗課都會在同一時段分成兩班，外國和美國助教各帶一班，兩間實驗室是相通的，可以相互照應。因為我已經有實務經驗，幾乎所有實驗相關的問題都難不了我，但是英文就難免會有些困難，尤其是在第一個學期的時候。

既然拿了獎學金就不能逃避責任，醜媳婦總得見公婆，記得第一堂上課前，也是學期開始後的第二個星期，非常緊張，想到自己上課都還無法完全聽懂，居然還要教課，然而也非上不可，所以在前三天就開始準備，把所有可以想到英文句子，可能會用到的英文全部寫下來，背起來。開始上課後，我們助教要花十幾分鐘講解實驗內容、步驟及注意事項等等，對我而言，把背好的句子講完，十分鐘好似十年之久。

課後，老美助教還特別鼓勵說：「講得非常好！」所以後來我們成了好朋友，一直到今天都還是常連絡。

然而挑戰還在後頭，美國學生從小養成的一種習慣，就是不懂就立刻要問，每一堂課隨時都有舉手者，此起被落，面對這群（一班大約都有十五到二十位學生）多數是大學二年級生，雖然不是新鮮人，然而仍是天之驕子，講話的速度像機關槍，比臺北美軍電臺，後來ICRT的DJ說話速度至少快兩倍，如果聽不懂他們問的問題，只好說：「Pardon me！」（對不起），他們還會用同樣的速度再問一次，但是只要我第二次說：「Pardon me!」得到的回答很可能就是，很不耐煩地：「Forget it!」（算了）

不過還好，上了兩三次課以後，學生們很快地發現，除了我的英文稍菜之外，只要聽懂了，所有的問題都難不倒我，而且連隔壁班的那位美國助教都經常跑來找我求救，慢慢地，學生們也就對我愈來愈友善。

有如倒吃甘蔗，再難熬的時間也是會很快過去。班上有幾位年紀稍長的學生會比較貼心、有耐性。其中一位叫Joe的大個子男生比我還大幾歲，半工半讀，而且已經結婚，有兩個小孩了，對我特別友善，總是不時地誇讚我，似乎要化解我的緊張，也有意讓其他年輕的同學對我刮目相看。

學期結束後的那年冬天，還邀請我到他那小小的、溫暖的家共度聖誕，他那可愛的一對正在小一及幼兒園的兒女和我玩得樂不可支，我也永遠記得聖誕大餐上，烤得剛剛好的牛肉。

隔年的春假時，學生幾乎都走光了，校園裡空蕩蕩的，突然接到Joe的電話，星期六下午來找我玩。

下午兩點，遠遠的就聽到，波……波……的重機車聲，原來他騎了一輛大型哈雷重機來了！讓我想到當年只有在國慶閱兵時，才看得到憲兵機車連的重機車。

他極力的邀請我試騎他最得意的重機車，可是之前我在臺灣沒騎過任何機車的經驗，但他一直說：「沒關係，反正現在校園和宿舍區也都沒有人。」於是在他很熱心又仔細的教我如何加油門、換檔和踩煞車之後，我跨上重機繞了學生住宿區一圈，那種風馳電掣，騎得愈快卻愈穩的感覺至今難忘，也是我至今唯一一次的騎機車經驗。

回到宿舍門口，正想要在Joe的面前停下來，然而兩腳踏地時，才發現重機車的重量不是我一隻腳可以撐的住，好在Joe衝上來幫忙拉一把，才沒有把他的車摔壞。

現在常常在臺灣的電視及新聞中，看一些名人或是稍有財力的人對重機著迷，我也有一些重機迷的美國朋友或同事，平日文質彬彬西裝筆挺，一但穿上重機服，騎上重機，就變成另外一個人，而且只要一出意外，就相當嚴重。

所以儘管幾位美國朋友極力邀我加入他們的行列，但是不論他們如何邀請，我還是堅持只開我的小轎車！

新年舊衣新希望

小時候，我們總是期待著過年到了，可以有機會得到新衣服和新鞋子，但是當年我們家境並不富裕，又有五個兄弟姊妹，儘管姊妹們多少會有一件花衣花裙作為新衣，而我和弟弟的過年新衣服，永遠是新的卡其布制服和外套，頂多再加一雙大一號的中國強球鞋。

每年的春天，我都會穿著不太合身的新制服上學，到了秋天就剛好合身，可以穿到年尾還不至於太小，弟弟有時候會比較吃虧，必須接收我已經穿不下的舊衣服。但是很快的，隨著家中經濟情況好轉，弟弟也不用再接收我的學生制服，我們一年四季隨時都可以買新衣服。

所以長大之後，回頭想想，我不曾對任何一件過年的新衣有特別記憶，曾幾何時，穿新衣早已不再是過年前的願望了，年復一年地過年，也變得愈來愈沒有勁兒了。

那是到了美國的第一個冬天，要過中國年了，我穿上那件要出國前，在臺北市中華商場買的一件白色豎領對襟短袖唐裝，儘管從便宜的價錢就知道它一定不是絲織的，但是卻繡滿了非常細緻的龍鳳圖形，看起來很素雅，剛好可以配上我尚未長太多肥肉的身材。

當年山城密蘇拉市（Missoula）裡唯一的中餐廳華園（Mandarin Cuisine），主人大衛仍然是化學系研究生，餐廳由大衛夫人掌廚，與其他大多數美國的美式中餐不同，他們提供真正的家庭式中餐料理，我也偶爾在週末時，去打一點工，洗洗碗，賺一點外快，然而最主要的是，要讓吃了一個星期學校餐廳的胃，可以換一頓中餐吃吃，後來熟了之後，即使不再打工了，也常常去。餐廳是一間中等大小的獨棟屋改裝的，扣除一間房間改裝的廚房之後，只有一間大廳和另一個房間可擺上十張桌子左右。

在過年前，大衛發出英雄貼，邀請所有臺灣和大陸同學參加週末的過年晚宴，有家眷的同學也都帶上一道拿手的中國菜共襄盛舉，同時也邀請了學校的外籍學生顧問、幾位華人教授、當地的電視臺和報社記者。

進了餐廳，大廳旁的壁爐裡燒著熊熊烈火，燒得室內暖烘烘地，大紅色的壁紙和屋頂，甚至連地毯都是紅色的，四周也掛著一些大紅燈籠，音響中傳來熟悉熱鬧的鑼鼓聲和恭喜發財的歌聲，一長條的桌子上，擺滿了各式各樣的中國菜。

那是我離鄉背井第一次在美國過年，也是那個小城第一次迎來了幾位來自中國大陸改革開放後的第一批留學生，當地的報社和電視臺也派來了幾位記者，他們對那幾位年紀比較大的中國訪問學者特別有興趣，八〇年代的中國熱已經開始發酵。

幾乎所有的男生都是穿著西裝出席，女同學們則多穿著亮眼的套裝或大衣，我就在進了門之後，脫下羽絨雪衣，穿著那件白色唐裝出席，引起一些小小地轟動，吸引了當地第四頻道的明星主播帥哥目光，就與我同桌，後來果真上了當地的電視新聞和第二天的報紙。

餐會之後，大衛還申請了放煙火的特許，九點鐘一到，在不到華氏十度（攝氏零下十幾度）的後院，冰天雪地的夜裡，望著萬紫千紅的煙花閃耀在夜空中，輝映在四周幾輛護駕警車車頂旋轉的五彩警燈上，我似乎只有闖天下的雀躍心情，還沒有太多的鄉愁。

可是到了第二年，因為吃了太多奶油、乳酪、冰淇淋、披薩和西餐的身材，竟然就再也穿不下那件原本合身的唐裝，那也是唯一穿過的一次。一晃眼，三十多年過去了，如今它看起來依然還是新新的，被掛在我的衣櫥裡。

所以我今年的新年新希望，不是穿新衣帶新帽，而是下定決心努力「減」餐飯瘦回去，那件白色唐裝還等待著主人，期待明年過年時可以再穿一次。

你有化妝嗎？

老婆常常說，屬雞的人就是愛現，加上又是水瓶座，就像一隻趾高氣昂的小公雞，頂著鮮紅的雞冠和豔麗的尾巴，到處愛表現。

是這樣子的嗎？老婆又玩笑地下了一個結論，「可惜長得不夠帥，但是至少也是悶騷。」

記得從小到大，如果學校裡有一些表演或是比賽，父母都事先和老師表明不准參加，因為他們總是認為學生只要把書唸好，其他的活動都會分心，最好都不要參加。

所以回想過去，除了因為我的祖籍是北平市，所以偶爾被指定上臺參加演講比賽之外，也表演過幾回踢毽子或是中國功夫，就沒有太多上臺的機會，更甭提有表演的經驗。

然而……

一九八七年的春天，一位女同學到實驗室來找我，希望我可以在下個星期的國際學生節和她一起表演一段黃梅調的遊龍戲鳳。我那時候才知道，這個女生更愛現，只是當年沒有問她是否也是水瓶座，或是生肖屬雞。

早年我母親愛唱黃梅調，家中一直都有錄影帶，從小到大耳濡目染，不知道聽了多少遍，自然也就會唱，也不需要臨時抱佛腳。只是不記得何時，女同學發現我幾乎會唱整套黃梅調的江山美人，尤其是遊龍戲鳳，特別來邀我與她一起演出。

表演前一天的晚上，她要我跟著她一邊唱一邊學走幾次臺步，就這樣練習了一回而已。而這位神通廣大的女同學，不知道從那裡弄來了男女兩套古裝，還有頭飾。

當時在學校裡的臺灣學生好像不足二十個人，我雖然不夠帥，但至少還夠體面，或是還夠愛現，因為就在前一年的中國春節晚會時，我曾經上過臺，表演中國功夫少林拳和太極拳，也曾經在當地的電視及報紙的地方新聞中出現過。

一年一度的國際學生日活動，就在一個星期五舉行，我們的節目被安排在午後的學生活動中心，中庭的一樓，以類似快閃的方式表演。四周的空間，以及二樓的陽臺上，擠滿了觀看的人群。

由於當地的電視臺早已獲得風聲，在四周架好了攝影機，而負責採訪的記者是當地當紅的帥哥主播，也是之前在中國年採訪過我的帥哥，算是認識的人。

中午的表演，以及後來的電視採訪，在下午二點半左右就結束了。而當天一大早我把放在實驗室桌子上的實驗儀器，設定在三點左右可以結束收尾，採集數據。於是一被採訪完畢，我就脫下古裝，立刻飛奔回實驗室。

正當我高高興興地一邊哼著黃梅調，一邊收拾實驗器材時，身高至少一百九十公分的指導教授走了進來，一如往常，他和我討論一下實驗的結果，和論文的進度等等。

不過此刻，他好像有一點兒不太對勁，一直瞪著我看，然後愈來愈靠近地彎下腰來，最後竟然伸出手，摸了摸我的臉頰，問我：「你有化妝嗎？你是不是有擦化妝品？」

我的天呀！我一心只記得作完秀要趕快衝回來，完成當天的實驗，完全忘了下午的表演，因為有電視轉播，所以被強迫化妝，擦了粉、眼線和口紅。

數學很強的老中

在美國，一般人對亞洲人或是華人的刻板印象之一就是「數學」很強，而我自己從來不認為「數學」很強，或許可以說「算數」很強而已。

回想過去在小學、中學時代，我可以算是個好學生，我的數學成績並不突出，只是和其他的生物、物理、化學、甚至國文一樣，總要保持在前幾名就可以，我反而常常羨慕有幾位數學特別強的同學，似乎再難的題目都難不倒他們，而我的目標只是能保持在八十分以上，如果有九十分就更好了，大學聯考時，能夠維持在高標就好。所以全國至少還有四分之一的同年考生的數學比我的數學強，我也從來沒有喜歡過數學課。

到了美國唸書，第一次發現其實老美是「算數」很差，而未必是「數學」很差。這位「老美」是我的指導教授，他的物理與化學的功力令我非常佩服，似乎是一位無所不知的科學家。幾乎整整兩年，我是他的實驗室總管，好多次，我們一起在做實驗時，對於某些物理化學的運算，我常常會直接套用記在腦海中的公式運算，令他非常疑惑，常常問我為什麼要背這麼多的公式，其實這些公式大可不必背，直接可以從基礎的公式推演出來就好了，「有必要浪費大腦那麼多記憶的空間嗎？」但是我往往可以因為有公式，就可以直接跳幾個步驟，而算的比較快。

我也常常疑惑他的「算數」為什麼那麼差？每一個簡單的加減乘除都要用計算機？好多次，在統計我的研究成果時，當他還在按數字鍵，我站在一旁早就用心算唸出答案，而且很少出錯。後來，每一次他在我旁邊要用計算機時，總會半開玩笑的對我說：「九里安，慢一點，等我一下！」

所以，後來教授常常誇我很聰明，但是我不太同意，我總覺得，那些可能都只是很好的「算數」訓練而已，未必與聰明有關。

後來我在約翰霍普金斯大學改修電腦碩士，因為大學主修的是生物，不是電腦，所以必須補修一些基礎的數學課學分，如線性代數、離散數學等等，約翰霍普金斯大學電腦系的華人教授並不多，但是這兩三門課程卻往往都是華人教授，而這些基礎課的很多內容，在我們高中三年級的數學課就學過。

記得，有一學期的一門課，每個星期都會有作業，作業要在每次上課前交上去。由於作業成績佔總成績的百分之三十，所以非常重要，每一次上課前，幾乎大部分的同學都會早幾分鐘到，上課前再互相核對一下彼此的答案才交上去，我也從來不以為意。

直到有一天，我因為堵車而遲到了三分鐘，當我急急忙忙要進教室前，才發現有四、五位白人同學還站在門口，他們攔下我，要求和我核對過作業，等他們都改正了之後，才一起走進教室，交作業。

那時候，我才知道，原來我就是被他們認定為「數學」很好的老中！

Julian是男生

大學一年級時，英文老師就要求每個同學取一個英文名字，我就找到了Julian，好像比較接近我的中文本名。

當年我護照上使用的英文名字，並沒有使用Julian或是使用現在中國通用的漢語拼音，而是自己亂翻譯的。在我出國之後，沒有更改原有護照上的英文拼音名字，而一直把Julian當成我的暱名（nickname）。所有的好朋友都叫我Julian，可能未必都知道我的英文本名。

Julian在西方是一個非常陽剛的男性名字，意思是「Belonging to Julius」，因為源於古羅馬的拉丁文，凱撒大帝的名字，Gaius Julius Caesar，一般老美就叫他Julian Caesar，相當於中國的秦始皇、漢武帝，西方人應該很少不知道他吧！而且凱撒大帝當時制定的年曆，直到今天仍一直被稱為Julian Calendar。此名，同時也是羅馬帝國第六十三位皇帝的名字，Julian the Philosopher。

而此名更早可能源於希臘文的ioulos。在西方歷史上有名的Julian，多如天上星辰，在天主教、基督教的聖者中，至少有兩位聖者為此名，St. Julian of Toledo 和St. Julian the Hospitaller。

但是不知何故，美國人很少取此名，在我這麼多的美國同學、同事及朋友中，尚未遇到另一個Julian。但是歐洲、澳洲或紐西蘭就很多，而近年來最有名的一個人物，應該是維基解密創辦人Julian Assange，就是那位在厄瓜多駐英國大使館內躲了很久，最後還是被抓的一個澳洲人。

曾經讓全世界瘋狂的披頭四（Beatles）主唱約翰藍儂（John Lennon），因為愛上日本女子小野（Yoko），而與原配妻子離異，他的兒子Julian非常不高興。於是披頭四的老友保羅馬卡西（Paul McCartney）因此寫了一首世界名曲Hey Jude, don't be afraid……，送給那個Julian，其Jude就是Julian。

我的一位美國好友莫尼卡（Monica）曾經在我的臉書留言如下，「Hay Jude, don't be afraid……」，「Yes! that was written for Julian Lennon, John Lennon's son and probably the most famous English-speaking Julian. That's who I thought of when I originally met you.」（約翰藍儂的兒子可能是英語世界中最有名的Julian，他是我第一次遇到你時，想到的人。）

我在國外這麼多年，從來沒有被老外質問過是男生還是女生，但是每當我在華人面前自我介紹時，卻往往會被誤認為是用女性的名字，需要解釋半天令人哭笑不得。

也許是因為從Julian相對演生出來的名字，如Julianne被男女姓共用，但大多是只用在女孩名字，如Juliann, Julianna, Julia, Julion, Jolyon, Julien, Juliene……等等非常非常多，或許才會讓搞不清楚的華人傷腦筋。

此名在西班牙人中常見Juliano，葡萄牙人則常有Juliao或Julio（唸胡立歐），只有少數法語系會拼成Julien，而被用在女孩名字。所以，除了少數說法文的女人用Julien之外，我們Julian都是男生。

在我開始寫作的初期，就是以Julian為筆名在華府新聞日報副刊上投稿。

二〇一五年秋天，專程到紐約市拜訪大作家王鼎鈞先生，他說：「寫中文文章的人，怎麼可以用英文筆名呢？筆名是名號，品牌建立不易呀！」於是我將英文（Julian C. Wang）直接翻譯成中文，找到這個霸氣十足的「九里安西王」為筆名，希望沒有華人會對我的性別再有疑問了。

異鄉記趣

醉乒乓笑隊

「嘿……這個球觸網，打得太『髒』了！」

「你說什麼？明明這球就是打得太好了！」

「哈哈……！有本事，你也『髒』一球……」

「球網一定也是你養的，你看看，我的觸網球就被彈回來……」

「呵呵……！」

我們幾個老傢伙打乒乓球的時候，球技不如人沒有關係，嘴皮子上的球評可不能輸，其實大家的球技半斤八兩，打久了之後，也不再比賽了，打球是為了快樂，以健身為目的，增進友誼為輔。

想當年，剛搬進新家，新房子的地下室很大，空空蕩蕩的，就一直唸著應該做些什麼事。有一天，老馮邀我去他家打乒乓球，原來是沒多久前，他的一位朋友要搬到外州之前，把乒乓球桌留在他的家裡，可是他家的地下室隔間太小，放了乒乓球桌之後，兩邊剩下不到一公尺的空間，打起球來礙手礙腳，非常地難打。幾個月之後，老馮打電話來問：「可不可以把乒乓球桌放在你們家？」於是就把球桌搬到我們家的地下室來。

原本心中想著，既然有了乒乓球桌，那麼就打球吧。我和老馮約好，每個星期打一次球運動一下。但是老馮是一個生物醫學博士，他自己說的：「每天忙得像狗一樣！」當時我也忙得不可開交，我們約了好多次都沒打成，乒乓球桌放了好久，蒙上了一層薄薄的灰。

我們家的社區對面，有一個大型的社區活動中心，每個星期五晚上，總有一堆人在打乒乓球，有一天，我特別到這個社區活動中心看看，發現其中許多人都是中國大陸來的國手級乒乓高手，所以還是算了吧！

其實在美國，乒乓球算是相當普遍的運動，任何學校、社區活動中心、甚至郵輪上都有乒乓球桌，但是真正會打乒乓球的老美卻非常少。我是在大學時期才學會打乒乓球，所以從來不覺得球打得好，但是除了碰上老中，老美大多只是口頭上說會打，卻連球拍都拿不好，只會拿著球拍像拿著蒼蠅拍一樣亂揮亂舞，至少從前我沒有碰上過一個可以稱得上會打乒乓球的老美，所以我也得意洋洋自以為是乒乓球高手。

二〇〇七年的一天，我在甲骨文（Oracle）公司的一位黑人同事來訪，因為我們曾經有過一些工作上的合作及考驗，有著患難與共的革命情感而成了好朋友，他是非洲科麥隆出生的貴族，在英國受大學教育，也精通法文，是少見文質彬彬的黑人。

當他發現地下室的乒乓球桌之後，竟然要求跟我打一兩場球，我心想同事兩年，從來沒有聽他提過乒乓球，一定又是一個嘴巴會打球的人，根本沒有放在心上地回了一句：「好吧！我們玩。」但是只打了幾球之後，就發現對方的球技可不一般，我幾乎一個球都打不回去，要不是他手下留情，我會被剃光頭。我的臉一陣紅一陣白，不得不灰頭土臉地承認，原來「強中自有強中手」，這位老兄拍拍我的肩膀說：「不要難過，我以前是國家代表隊的國手。」原來真正的高手都是「惦惦吃三碗公」。

由於乒乓球是室內運動，比較不受天氣影響，而且隨著年齡漸長，乒乓應該是一種很合適的運動，經過那次的刺激之後，不得不承認，我的程度可能連乒乓「B咖」都有問題，還是需要好好練習，順便可以鍛鍊身體。

儘管當時老馮仍然三不五時要出差，我們仍舊約好只要我們都不出差，星期五晚上只要打個電話，十分鐘不到老馮就可以過來打球。我們打球的時候，手上忙著打球，嘴巴也不停，天南地北無所不聊，彼此談笑風生，打了幾次球之後，我發現原來老馮是一個非常幽默風趣的人。

兩個人如此這般斷斷續續地打了一陣子之後，慢慢地有些其他的朋友和鄰居，也陸陸續續來加入我們的行列，經過了一段時間物與類聚之後，就變成固定會有五、六位球友來打球。我們這一群人中有生物醫學博士、電腦博士、環保工程博士、甲骨文資料庫經理、中文學校校長、或是聯邦公務員等等。在經過一個星期忙碌地工作之後，可以聚在一起輕鬆地打打球、耍耍嘴皮子，就變成大家每星期最期待的活動。從此，星期五的晚上，我們家的地下室就成了這一群乒乓球「B咖」的歡樂天地。我們一邊打球一邊高談闊論，不亦樂乎，於是取名「乒乓笑隊」。

有一天，一位球友突發奇想帶來了幾瓶啤酒，中場休息的時候，灌一瓶啤酒下肚，當然不可能醉，但是每一個人有了酒精的加持之後，連說笑話的聲量都提高了八度，口中的笑話更是源源不絕，如果哪個人沒有打進桌面，就怪桌子太小，如果沒有回到球，也嫌球拍太小，或是球太小，如果球爬網而過，就被其他人大笑這個球未免太「髒」了吧。沒想到一點點酒精的效果，讓每一個人都練就了「魔幻無影拍」，可以把球打得滿地下室亂飛，那一個晚上大家居然打到快十二點半還不想回家，我們的笑聲要把地下室給掀了。

儘管難免有時候一口酒下肚，憂國憂民的情懷油然而生，開始討論國內政情或世界局勢，談到哀怨處卻又無可奈何，一個個低著頭哀聲嘆氣，一時之間低氣壓籠罩，好在總會有一個人站起來，叫道：「打球，打球啦！」因為只要開始打球，低氣壓就立刻一掃而空。

自從那第一次之後，並不是每一次打球都有酒喝，也只有在年節前後，或是有人有藉口才會帶酒來。例如我從德國旅遊回來的時候，就帶了幾瓶正宗的德國啤酒，過年前拿出金門高粱、其他還有人帶日本清酒、法國紅酒……等等，當然也有人帶來北海鱈魚香絲、魷魚絲、或是花生腰果等等來配酒，於是我們改名為「醉乒乓笑隊」。

其實我們每一個人都很節制，頂多喝一小杯烈酒，或者是一小瓶啤酒，基本上根本不會醉，而且是在中場休息時喝完，喝了以後再打兩個小時，酒精早就化成滿室的笑語，揮發掉了。

我們幾個老男人打球，也不敢把老婆給忘了，偶爾也在地下室裡一起開同樂會，我們群魔亂舞般地打球，優雅的老婆們，就坐在一旁吃著點心，湊著耳朵聊天，笑看一群老男人耍寶。我們也曾經先到餐館來一個「醉乒乓笑隊」的星期五聚餐之後，再回家打球。

這幾年，老馮換了兩次工作，必須長期留在外州，一家老小仍然留在馬里蘭，我們其他人照常打球，但是老馮只要開會或度假回家，一定回來打球。前一陣子，我也因為背痛，被迫休兵了一個多月，好不容易痊癒了，立即在Line的群組上號召「醉乒乓笑隊」重新開打。

上個星期，剛從俄羅斯旅遊回來的隊友麥克，就拎了一瓶伏特加酒進場，要讓大家不「笑」不歸……。「醉」乒乓之意不在酒，酒不醉人人自醉，我們是借酒裝「笑」而已！

秉燭憶臺灣夜市

一九八九年搬到馬里蘭州，一年後結了婚，有了自己的房子，也結交了一批年紀相仿的朋友，男女都有，當時還多為單身。

由於海外的生活不如國內多采多姿，這裡的生活單調，工作壓力大，華人也不多，平日難得碰面，而且當時也沒有網路，只有面對面或打電話，才有可能聊天。

妻不只是好客，更愛替這些單身朋友們作媒，所以常常利用星期六或假日晚上，邀請男女人數大致相當的朋友，甚至是朋友的朋友，夏天來家裡烤肉或秋冬來聚餐等等，後來倒也真的湊合了幾對。

大伙兒通常在傍晚，天還沒有黑就來了，開始吃吃喝喝，從點心、晚餐、到水果都吃過了，就東南西北地喝茶聊天，反正他們如果早一點兒回到家，也是單身一個人面對天花板，不如留下來聊天，通常不聊到半夜一、兩點不會有人想離開。

似乎每一次的聚餐聊天，都會聊呀聊地，慢慢找到一個非正式的主題，聊上一整晚。

有一次，也不記得到底是哪一年或哪一天，已經到了半夜十二點多了，大伙兒仍然毫無離意，還有七、八個人圍坐在餐桌旁不捨得走，也不知道是哪一位朋友開的頭，開始聊到臺灣的夜市小吃。

一開始只不過談到士林夜市的大餅包小餅、蚵仔煎……、到師大夜市牛肉麵，其後又加入華西街的蛇血、蛇湯，圓環的肉羹湯、魯肉飯……等等，連基隆廟口的鼎邊趖、天婦羅、鰻魚羹……也沒錯過，愈聊愈多，幾乎把臺灣北部附近多數有名的夜市都巡了一遍。

此時有人看了一看手錶，「喔！快兩點了，該回家了。」然而卻沒有一個人站起來。

大家靜了幾秒之後，一個來自中臺灣的朋友，突然開始說到，新竹城隍廟夜市的米粉、貢丸湯……，於是大伙一陣子七嘴八舌的又開始點名中部的小吃，新竹之後，再到臺中蜜豆冰、太陽餅……，以及逢甲夜市……。

說著說著，此刻似乎有些愈聊愈餓了，原本桌子上還有一些未曾碰過的蘋果派、蛋糕和甜點，於是又有人開始動口吃了。

當每個人都再吃了一輪甜點之後，又有人看一看錶，自言自語：「嗯！快三點了，應該回家了吧！」結果還是沒有一個人願意第一個站起來。

於是乎，有一位來自南臺灣的人又開了頭，「我最喜歡臺南的虱目魚羹、度小月的担担麵……」接著又把大家帶到六合夜市的木瓜牛奶、左營的眷村小吃……。

雖然愈聊愈起勁兒，但是人也愈來愈累了，餐桌上的氣氛，也似乎慢慢的開始有些凝重，唉！最後總算有人站了起來，說道：「不行！不行！都四點了，該回家了。」所有的人，這才依依不捨地站起來，大伙兒七手八腳地幫忙把桌子上的碗盤收一收，真的回家了。

臺灣從北到南的大城小鎮都有知名的夜市，每個夜市都有自己著名的攤子和老味道，這些老味道就是遠方遊子永遠的鄉愁。

永遠吃不完的感恩節火雞

無論是否為基督徒，感恩節大餐是所有美國人親友之間最重要的一個團聚晚餐。

在美國，從前各州通常有各自的感恩節（Thanksgiving），直到一九四一年，感恩節才被聯邦政府統一訂為每年十一月的第四個星期四，所有的學校、政府與大多數工商業界的員工，大都會在感恩節得到兩天的假期，成為一年之中唯一的四天長週末。

二、三十年前，感恩節隔天的星期五，幾乎所有的商家都不營業。近些年，拜網路發達之故，這一天成了黑色星期五，被標誌成為聖誕採購季節的正式開始，反而是美國一年中商家最繁忙的日子。

烤火雞是感恩節大餐的傳統主菜，通常是把火雞肚子裡塞上由各種調味料拌好的餡，然後花四、五個小時烤，餐桌上由男主人用刀切成薄片，再由女主人分送給大家。火雞以外常見的菜餚有肉汁馬鈴薯泥、紅薯、蔓越莓果凍、甜玉米以及各種蔬菜。

此外，南瓜派則是最常見的甜食，但是在我初到美國的第一個感恩節後，好多年，南瓜派成了我拒絕往來的甜食。

自從一九八九年起，我在馬里蘭州的生命科技公司（BRL, Life Technologies Inc, LTI）工作了六年多，每一年的感恩節前，公司都會發一隻十五磅的冷凍大火雞。頭一年還是單身，即使後來結了婚，小倆口怎麼可能解決那麼大的火雞，況且要連續烤四個小時以上才能全熟。

我們從來沒有烤火雞的經驗，所以一九九〇年我們就把火雞交給一對夫妻朋友，他們不但有烤火雞的經驗，而且住在水電費全包的公寓，所以連電費都可以省了，他們再將烤好的火雞帶到另一對我們共同的朋友家中，一起共度感恩節。

朋友告訴我們，除了火雞之外，當天晚上其他的食物都是中國菜，在確定主人沒有準備南瓜派之後，為了要打開我對南瓜派的心魔，我們特別再多帶了一個南瓜派赴宴，臨上車前把裝著南瓜派的紙盒交到妻手上，可能是因為紙盒子的上下兩面長的都一樣，所以我特別打開盒子看一眼，對妻叮嚀了一句：「小心喔！不要拿顛倒了！」

眼看著妻一路小心翼翼地捧著，到了朋友家，當我們打開盒子一看，一臉無辜的妻當場傻眼，沒想到，果真是一個顛倒撒成一團南瓜泥的派，但是她無論如何也回想不起來，不過才十多分鐘，到底是如何發生的，此事也成了永遠的謎案。

當天晚上，儘管朋友使用了一些中式調味料烤的改良式烤火雞，但是仍然敵不過火雞旁邊真正的中國菜，所以一餐下來，連四分之一的火雞肉都沒吃完，最後大伙兒就把剩下的肉分一分，各自帶回家。但是火雞太大，而且火雞肉有一點柴，帶了兩天火雞三明治當午餐之後就再也受不了，於是將剩下的肉，分成幾個小包丟進冷凍庫，以便日後再吃。

其後的四年，年年感恩節都會剩下一堆吃膩的火雞肉，在感恩節之後被丟進冷凍庫，再用來做火雞三明治慢慢消化。然而有一年，居然一直等到了隔年的夏天，才從冷凍庫中挖出來最後一塊被遺忘的火雞肉，煮了一鍋雞蓉玉米湯。

自從一九九五年離開生命科技公司，往後的工作就再也沒有免費的火雞，儘管火雞也不貴，卻還是不想買，所以也就沒有機會自己在家烤火雞，倒是有一些聰明的朋友，乾脆在感恩節中用一般的烤雞或烤鴨，取代大而無當又不好吃的烤火雞，一樣保有感恩節的氣氛。

那一年，我們的布蘭詩歌演唱會

一九九七年秋天，我被華府愛樂合唱團推選為團長，因為我算是比較年輕的團員，而且所有的前輩團員都輪流當過團長，所以輪到我了。在妻的堅持之下，參加這個合唱團很多年了，不過也不要被這個團名給嚇到，大家都愛唱，此地又不像臺灣到處都有卡拉ＯＫ，或ＫＴＶ可以盡情歡唱，所以參加合唱團可以滿足許多人開口唱歌的慾望。

接手團長之後的第二年，第一次開會，大家就興高彩列地提出要在隔年春天（一九九九年四月）舉辦演唱會的提案，更可怕的是，我們的指揮是經歷豐富的許郁青小姐，許老師，許博士，提議要玩就要玩大的，竟然要大家來唱布蘭詩歌（Carmina Burana）。這個建議可讓我當場頭皮發麻，心中想著我們怎麼可能唱布蘭詩歌？許老師會不會太抬舉我們了，然而卻也有一點躍躍欲試的矛盾。

不可諱言，對於一位專業音樂家的許老師而言，能夠指揮同時有專業聲樂家、交響樂團、兒童和成人業餘合唱團的這種組合，唱一場傳奇的大型布蘭詩歌，應該也是一種很特別的誘惑吧。事後才聽說，這個瘋狂的想法，也是另一個海天合唱團同時提議，和許指揮一起連手促成，哈哈……原來我們是被暗算了。

無論如何，首先的難題是我們的團員人數跟本不夠，當年華府附近的任何一個華人合唱團人數都不夠，而且還需要兒童合唱團及交響樂團的支持。好在，許老師也是中美交響樂團的指揮，也是菁華兒童合唱團的老師，所以這兩個團都不是問題。在經過好幾次的討論及連繫之後，再有另外的童心合唱團與榮星兒童合唱團願意共襄盛舉。

參與人員全部決定之後，每個團、每個人還要分擔費用和分擔工作任務，因為除了場地費之外，有些專業音樂家要付費。總之，每一位參與者都為了要圓一場夢，出力又出錢。

接下來的難題是，唱的歌詞不是英文，而是拉丁文和一些德文，當許老師把歌詞發給我們之後，許多人都傻了眼，不只不是英文而且字又小，整本歌詞又長，不可能背下來，上臺時一定要帶歌譜，當時已經有許多人有了老花眼，無法看到小字，只好把歌詞影印放大。

剛開始每個合唱團利用自己團的練習時間之外，每個星期至少再多加兩到三次分聲組練唱，因為大多數人都有工作，只能利用晚上或週末的時間，最後兩個月，再把各個聲部集合在一起把詞曲練熟。

許老師是對聲音有驚人敏感度的人，應該是天生加上後天的訓練，有時候我們在練唱，正唱得很高興時，許老師就會突然走到某一聲部前，指著大家說：「你們中間有一個人唱的音階不對，低了半個音。」然後走到組員中間，讓大家再發一次音，她馬上就會用手指著那一位團員：「就是你！來！跟著我唱！」直到唱準了為止。

當時決定要開演唱會之後，另外一個要解決的大問題就是找演出場地，華人比較多的馬州蒙郡沒有大型的大學，所以我們就把目標放在幾所地點比較好的高中，另一方面，也可以省一些經費。經過多次折衝，最後決定租用邱吉爾高中的禮堂，儘管是高中，他們的禮堂規模與設備，不會輸給臺灣許多沒有音樂系的大學禮堂。

不巧在我們公演的一星期之後，邱吉爾高中的話劇社也有公演，其實時間上並沒有衝突，但是他們所使用的不少大型道具必須留在舞臺上，而我們交響樂團的樂器也佔了不少空間，所以我們花了不少時間，才安排好所有合唱團團員能夠站立的位子。

演唱會前兩個月，只有三次全部合唱團團員一起在舞臺和中美交響樂團一起預演。最後兩天的預演，花錢請來的職業聲樂家男中音和男女高音才加入我們一起練習。當我們在舞臺上一起練習時，總共一百八十三個人（九十七個混聲合唱大人，四十八個兒童和四十八個交響樂團員），許指揮一樣指揮若定，誰落了半拍或搶了一拍，或是誰高了一個音，一一抓出來重練，一直練到她滿意為止。

布蘭詩歌是德國音樂家卡爾．沃夫（Carl Orff）譜曲的大型混聲合唱，包括成人與兒童合唱，女高音、男高音、男中音獨唱，和大規模管弦樂團演奏的舞臺清唱劇作品。劇本歌詞取自十九世紀初，在德國南部巴伐利亞的天主教本篤會布蘭（Beuren）修道院中發現的詩歌集，是較為人所認識的二十世紀非傳統古典音樂作品，當中的序曲及尾奏曲〈命運！世界的女王〉更是本曲的代表作，最為世人所熟悉。

神情專注的年輕帥哥鼓手敲下第一聲強烈的定音鼓，引出吶喊似的大合唱，一開始便憾動心弦，大合唱繼續在管弦樂與定音鼓等敲擊樂器的伴奏上，唱出人世之無常。整場的曲目，雖然沒有傳統古典主義那種堅固的架構，然而強有力的定音鼓，時時敲出強烈的節奏，波瀾壯闊的旋律與高潮疊起的和聲，中氣十足的男中音以及畫龍點睛的男女高音獨唱，再再都給人有一種雞皮疙瘩掉滿地的深刻震撼。

演唱會就在許老師十分自信地指揮下，我們隨著樂曲時而平靜，時而亢奮地演唱，雖然難免也有一些小瑕疵，卻不損整體完美，順利演出完成。

原來唱歌是快樂的，但是為了演唱會而練歌，又有責任在身，就變得有一點辛苦甚至痛苦。好在所有的折衝規劃，以及長時間練唱的苦，就在那滿場熱烈地謝幕及瘋狂地鼓掌聲中，煙消雲散，而心中的激動，卻久久不能平復。對我這個音樂門外漢而言，這一輩子能夠有這樣的一次機會，參與傳奇的布蘭詩歌演唱，也算是人生中的一個奇蹟，特以此文記錄。

冰風暴驚魂記

這不是大導演李安在二〇〇七年拍的電影──冰風暴（The Ice Storm）裡的故事，而是一場真真實實又非常誇張的天候場景。

冰風暴不同於一般的下雪，它可能是下冰，乒乒乓乓地有一點像夏天的冰雹，但是大多的時候是下冰雨，冰雨碰到任何東西，房子、汽車、樹葉、或地面，就會在表面結一層冰，有時候會先下雪，再淋上一層一層的冰雨，最後在雪上結一層厚冰。

因為地形的影響，每年的冬天，美國東岸的馬里蘭州和維吉尼亞州，多多少少都會下幾場冰雨，而大多數的冰雨下完之後，氣溫上升，冰很快就化了，不致於造成大災難。但是在我的記憶當中，一九九四年二月的那一場美東冰雨，算得上是災難性的冰風暴。

當天的早上，我仍然一如往常開著車去上班，公司離家並不遠，而且都是經過大馬路，前一天晚上和清晨之前，政府負責養路的工程車，早已經在所有的主要路面灑過一層鹽，所以毫無困難地開到了公司停車場。

但是此時的停車場地面上已經有一層冰，天空仍然下著毛毛冰雨，使得短短數公尺的步道走起來都有些困難，我一如往常地走側門只有五階的木梯進去，然而當我跨上第一階時，才發現木梯的表面已經滑到不能立足，本能地反應用右手去扶木欄杆，而木欄杆也同樣包了一層冰如同抹了油一樣，根本抓不往，所以整個人立刻跪了下去，滑回人行道，手也扭傷了，等我跪在地上休息了片刻之後，才定一下神，小心翼翼慢慢地站起來，轉身從大門進入公司。

中午過後，氣溫並沒有升高太多，眼見冰累積得愈來愈厚了，天空仍然不斷地下著冰雨，於是公司宣布提早在下午二點下班。當我來到停車場時，停車場上熱鬧非凡，因為每個人的車都被包在一層晶瑩剔透的冰之中，我們首先要想法子把鎖插進冰封的車門鑰匙孔，才能打開車門，再發動引擎熱車，借著一點熱度，讓引擎蓋上的冰可以自動脫落，而且把暖氣開到最高，讓車子由內向外加熱，此時的車體外包覆著一層一兩公分厚的冰，所以必須用除冰鏟，花一、二十分鐘，至少將前後擋風玻璃上的冰敲掉，才能開車上路。

此時的天空仍然下著毛毛冰雨，這種雨落下之後，只要滴在擋風玻璃上就立刻結冰，開車時只好把除霧的熱氣開到最大，擋風玻璃才不致於結冰，而且由於路面非常濕滑，只能保持在十到二十哩左右的慢速度。回家途中的交通早已經大亂、處處打結，見到好幾個小車禍，和一些滑到路旁的車子，平時不到二十分鐘的車程，開了一個多鐘頭之後，在老天爺的保佑之下，總算平安地滑到社區。

當車子慢慢滑進社區之後，由於路面沒有經過處理，更為濕滑難走，眼看著離家的車道不遠了，一個小小的上坡，就可左轉進車房前的車道。然而就在此時，車速慢了下來並且開始打滑，甚至已經滑得不能再往前而是向後了，試了好多次都不成功之後，只好把車子順著坡向後滑，滑到家對面路邊的草地上。

車子停妥之後，打開車門，雙腳踏出車門，當我想站起來時，整個人就像在溜滑梯上一樣，向外滑了出去，雙手無法扶著車，因為整個車的表面包了一層冰，天上還下著冰雨，所以圓滑的車體根本無處可扶，然後直挺挺地躺在車邊，好在車子已經停妥，不然的話，如果車子也向後滑，結局就會很淒慘。

等我好不容易慢慢地爬起來，還是很難站立，只好跪在路邊的車旁，望著頂多不過三十多公尺遠的家門，卻走不過去。由於從車子停的地方到家門前的柏油路面有一點點上坡，平時沒有感覺，此時舖了一層冰，才發現根本行不得也，望著家門而不可及。

好在路旁以及院子四周都是草地，因為有草，即使草上也有一層冰，但是腳踏下去之後，表面就會像海綿一樣的凹陷，所以至少可以有摩擦力，我就手腳膝蓋並用地踩著草地，非常狼狽地慢慢爬進家門。

驚魂未定地進了家門之後，洗過熱水澡換上乾衣服，天色漸漸暗了，妻替我沖好一杯熱呼呼的巧克力，我用扭傷的雙手捧著，坐在窗口，望著窗外冰清玉潔素裹銀妝的大地，以為一切都平安了，殊不知一場更誇張的冰風暴情節，正在悄悄地累積著更巨大的能量，準備上演！

歷劫冰風暴

那一天，冰風暴驚魂記之後，好不容易經歷了千辛萬苦回到了家。天漸漸暗了，窗外的世界與平常的下雪天不太一樣，下雪時的雪花會吸音，所以大地一片寧靜，而下冰雨則和下雨沒有太多差別，難免有淅瀝嘩啦的聲音，而且在朦朧的路燈下，院子裡所有的花草樹木和欄杆都包了一層晶瑩剔透的冰，像鑽石般地閃閃發亮。

馬里蘭州位於美國東岸的中間位置，而其實美國東岸大部分的州都有類似的地理環境，就是在阿帕拉契山脈的東邊，當冬天快過去的時候，北方的冷氣團仍然沒有減弱太多，南方從加勒比海吹上來濕潤的鋒面，沿著山脈向東北方向吹，吹進了冷氣團的下層，於是在冷熱交替的大氣中，高空的雪花落在低空時化成了水，就成了凍雨（Freezing Rain），英文也稱為釉（Glaze）或是銀解凍（Silver Thaw）的冰風暴（Ice Storm）製造機，要行成冰雨的先決要素，就是溫度不會太冷，只略低於冰點一點點，也由於這個原因，可能會讓很多人沒有意識到它的危險，好在冰風暴大多來得快去的也快，像一九九四年的那一場大規模又持續好多天的冰風暴通常很少發生。

那時候還沒有手機，夜慢慢深了，上床之前，只能再看看電視天氣預報，至少讓自己的心裡有一些準備。其實幾天前的氣象預報，就已經預告這一道的冷暖鋒面可能將會滯留在美東好幾天，儘管在冰箱裡已經準備了至少四五天的食物，但是電視新聞中不斷的警告，仍然令人非常不安。

第二天，冰雨仍然斷斷續續地下著，雖然有時候只是毛毛冰雨，但是屋外的冰仍然愈來愈厚，根本不可能出門了，於是非常高興地泡一杯咖啡，享受一下不用上班的日子。

到了下午，發現屋子裡的溫度好像愈來愈低，此時才發現暖氣的火爐裡怎麼沒有火了。當時我們舊家的暖氣燒的是燃油，我們和燃油公司訂了合約，平時只要在固定的一段時間，油公司會自動前來將油桶補滿。

眼看著室內溫度愈來愈低，我打了兩次電話到油公司，剛開始還有人回答，只是不斷地道歉，因為他們的油罐車也被冰封而開不出停車場，到了後來就根本沒有人回應電話了。

室內沒有暖氣，不只是冷而已，如果室內的水管結冰，水管就會爆裂，美式的木頭房子一旦淹水，問題可就很大條了。

當時整個馬里蘭州東邊的區域，由於電塔被壓垮，電線被樹壓斷，已經開始大規模的停電，其他東岸的好幾個州也相繼宣布為緊急狀態，出動國民兵救災。也許是老天爺保佑，我們家居然沒有停電，而且剛好在前一年夏天，一位好朋友在搬回臺灣之前，將一些剩下的一些木頭送給我們，儘管不多，但是至少可以在客廳的壁爐中燒一陣子。
因為沒有停電，我們可以將廚房的電爐打開充當暖氣，但是電爐和壁爐所產生的一點點熱氣，只可以集中在一樓的客廳和廚房附近，所以我們只好把床單和被子搬到一樓客廳，像露營一樣地睡了四天。
到了第三天，眼看著木頭也快燒完了，外面的冰雨還下著，此刻如果想要棄屋逃跑也不可能，因為車子跟本開不出門，而且就算可以出門，外面所有的道路已幾乎全部中斷，那時候才深刻地體會什麼叫做「叫天天不應，叫地地不靈」。
我們只好非常認命地留在家中，儘量多穿幾件衣服，而且把室內溫度保持在攝氏零度以上一點點就好，另外唯一能做的也只有祈禱冰雨的鋒面能夠早日移開。
到了第四天，鋒面總算移動了，但是我們的油罐車到了第五天才出現，把我們的油桶加滿油。當暖氣再度從氣孔吹出來時，我們激動地相擁歡呼，好像重生了一回，至少不用再擔心受凍了，當天晚上的新聞，開始出現更多這一場冰風暴的報導，每一幕都是那麼地觸目驚心，看完了新聞報導，我以最快最激動的心情，寫下了一封兼有抱怨和感謝的信給我們的油公司。
幾天之後，我們接到油公司的帳單，同時附了一封文詞並茂的道歉信，並且將我們的帳單數額扣除了一百美金，算是對我們的賠償。

從一九九四年二月八日到十八日之間的十一天期間，冰風暴蹂躪的範圍包含了從華府到紐約大半個美東地區，在大華府都會區，這場誇張得令人永難忘懷的冰風暴驚魂記，則前後經歷了六天才落幕。

超級世紀大風雪

二〇一八年美國東岸的冬天不太冷，位於東岸的華府和馬里蘭州，儘管到了三月底還下了一場小雪，卻已經有一點兒春意。然而常言道，天有不測風雲，氣候的變遷也難以預料，回憶過去的三十年中，總是有幾年的冬天一點都不冷，甚至有一年冬天沒下過雪，但是也有幾年下的超級暴風雪，雪多到難以想像。

過去，我幾乎每天都會看華府第四頻道（NBC4）的氣象預報，因為在氣象主播Bob Ryan退休前的二十多年，他會每天很客觀地告訴我，為什麼明天會晴天，為什麼明天會下雨，為什麼明天會下雪，有時候也會加一些氣象專有名詞來強調他的預報，所以看多了，也學到一些東西。

馬里蘭州位於美國東岸中間偏北的位置，四季分明。冬天往往會冷到攝氏零下十幾二十度，冬天下雪乃天經地義，但是為什麼大多數時候是下小雪，有時候卻會有大暴風雪呢？因為小雪通常隨著「Alberta Clipper」，由西北的加拿大來到美東，穿越了整個美州大陸，水氣已經所剩不多，所以只能下些小雪。另一種主要的冬天天氣型態「Colorado Low」，也會造成比較大量的積雪，但是都比不上氣象學上名叫「Nor’easter」的東北暴風雪。

一月底至三月初的時候，雖然已經接近冬天的尾聲，然而天候型態已經開始改變，大量的水氣由美南加勒比海北上與東岸的大西洋水氣聚集，再慢慢沿著東海岸由西南向東北走，當走到了北維吉尼亞東岸時，由於氣溫夠冷，水氣由東邊的大西洋，向西倒進美國整個東北岸，造成驚人的東北暴風雪。

好在這類型的暴風雪不會每年發生，或是發生在同一個區域。有時候北邊一點，有時候甚至包括了南方的北卡羅萊那州或更南，在馬州三、四年或更久才會發生，例如一九九三、一九九六、二〇〇三、二〇〇六、二〇一〇、與二〇一四年都發生過。

由於現代氣象科學及科技的進步，幾乎在大雪要來的前五、六天就開始預報，用的都是非常跨張的警告，如超級風暴（Superstorm）、世紀風暴（Storm of the Century）、九六暴風雪（Blizzard of 96’）、或是十年一見的暴風雪（Blizzard of the 90’）等等，反正就是東北暴風雪要來了。就在大雪來之前的這三、五天，往往雖然氣溫很冷，卻經常是天天大晴天，即使在氣象臺網站的活動天氣圖，外行人也似乎看不出來大雪會從何而來的蛛絲馬跡。

然而，由暴風雪來之前幾天的電視新聞，就可以感覺到緊張的氣氛。大雪要來的新聞一再重複地播，大賣場內的雪鏟架上空空如也，就連柴油發電機都賣到缺貨。超市裡則是擠滿了搶貨的民眾，比聖誕節前的人還多，手推車內則是推積如山的瓶裝水和食品，尤其是各色罐頭。總而言之，天氣仍是一片大好，然而人心惶惶，公司同事之間也都在談論著，未來幾天有什麼計劃呀！

暴風雪來臨的前一天晚上，看完了十一點的夜晚新聞和氣象，此時的氣象報告通常已經可以很準確地預測，雪會在幾點開始下，幾點到幾點下的最多，最後總共會下多少吋的雪。臨上床前，打開窗簾再看一下天空，大多數時候的天空都已經是灰暗暗的，也有少數幾次，仍然滿天的星星，不免懷疑氣象局是不是在唬人呀？一夜輾轉，心中有事無法好眠。天一剛亮，就迫不急待地看看窗外，如果是一片白雪靄靄，就滿心歡喜地跳進被窩，心中大叫：「耶！今天不上班，可以再睡一會兒。」如果一大早看不到雪就麻煩了，仍然要很不情願的開車去上班，然而最大的問題是，可能中午或下午才開始下雪，這時所有的政府、學校、公司或行號都會在幾乎同一時間宣布提早下班下課。這下子可好了，所有的車子全都在同一時間開上路，加上天雪路滑，只要有一個小車禍發生，造成連鎖反應，所有的高速公路都成了停車場。原本可以在半個小時到一個小時回到家的路程，變成了五個小時，七個小時，我的最高記錄是八個小時才到家。

有人會問：「為何不等晚一點再離開公司呢？」答案是，早一點離開，不論在路上塞多久，還有機會回到家，如果晚點走，雪積太多了，路更難開。有不少的車子，因為在路上太久，油用完了，只好把車子棄在路中間，後面的車只好全部棄車，二〇一〇年就在喬治城林蔭大道上有數百輛車被迫放棄，被埋在大雪中，兩三天之後雪停了，政府才能出動剷雪車及吊車把這些車一輛一輛挖出來。

下雪了，若是人在家裡，泡一杯咖啡，坐在窗前，看著有如撒鹽、柳絮或棉球的雪花隨風而降，頗有詩意。而且雪花有吸音的效果，所以此時真的是萬籟俱寂，雪花就靜靜的飄。然而，美麗的雪景後卻暗藏著更多的殺機。

當天色漸漸暗了，濕重的雪漸漸地會把高壓電線壓斷。若是又刮著大風，美東的樹又特別多，電線被覆雪壓倒的大樹壓斷，開始停電，動不動就大範圍地停電，世界變得一片漆黑，叫天天不應，叫地地也不靈。尤其這種東北暴風雪通常下雪範圍非常大，從維吉尼亞州一直到東北的賓州，紐澤西州，紐約州和麻州，甚至到緬因州。由於停電的範圍太大，而且雪地中維修電線的工作非常困難，往往要四、五天甚至一個星期以上才會來電。

對大多數的房子而言，沒電也就沒有暖氣。因為不論燒燃油或天然瓦斯都需要用電點火。屋外天寒地凍的大雪，屋內也好不到那裡去。還好可以打開瓦斯爐，用火柴點火，勉強有熱食可吃。沒電，所有的電視、電話電腦都不通。

最近幾年，有智慧手機可以上網。二〇一〇年那次剛好妻在臺灣，可以用iPhone手機在臉書和妻聊天，用到手機沒電了，就到車庫裡，發動汽車，用汽車充電器充電，繼續聊。

附近所有的機場、學校、行號、政府機關都關門，有時候還不止關一天，所以急也沒有用，反正那裡也去不了，在家發呆吧！好好儲備一些體力，因為等雪停了，還要剷雪。

雪停了，要在氣溫零下的戶外，在一、兩呎甚至更深的雪中挖戰壕，不只要挖一條人可以走的路，還要把車房前的車道剷清。有時候雪比較濕非常重，所以剷雪不只是累，或全身酸痛幾天而已，更多的人扭到手閃到腰，甚至滑倒受傷。

下雪可不是想像中的那麼可愛呢！

雪後嬌陽

華府櫻花林下電視受訪記

每年華府櫻花季的最後一天都會選在星期六，當天真正的重頭戲，就是一年一度的國家櫻花祭街道大遊行，華府會湧進數十萬的觀光人潮。

上個星期，當我正在懊惱星期六有事，不能恭逢其盛的時候，隣居麥克打電話來相約，因為他有事需要在週五進城，可以順便帶我再次進城賞櫻花，有人義務開車帶路，怎麼可以拒絕呢！所以我們也就順便在華府潮汐湖四周，順著車山車海的車河，慢慢地轉了兩圈，對今年的櫻花季再作一次巡禮。

雖然是星期五，而且是陰天，中午過後雲層少了一些，但是仍然是滿坑滿谷的人和車，許多人都是攜家帶眷、一家大小一起來看花。

麥克按著性子，順著擁擠的車潮，耐心地開著車，好幾次看到停車場有空位，就趕忙開過去，結果那些空位都是保留給殘障人士專用的停車位，不能停，只好割捨，不然的話，會被罰一百到五百美元，車子還會被拖走。

當我們轉到傑弗遜紀念堂的後面時，竟然看到有一排空位在路邊，卻又沒有殘障專用的標示，把車停妥後，才發現這一片路邊是特別留給人車暫時停下來拍照或錄影，但是車子不准熄火。

我先下了車，走到湖邊，拍了一些照片之後，回到車邊，輪到麥克去拍照。

就在此時，來了一輛電視臺ＳＮＧ轉播車停在旁邊，但是全白的車身沒有任何標示，走下來了一位金髮美女和扛著大攝影機的大漢。

嘿！不正是美國國家廣播公司，第四頻道NBC4的年輕美女主播Malissa，當她四下張望時，不少路人主動和她打照呼。

美國人有一種很友善的習慣，就是當兩個陌生人，不小心四目相對時，往往會很客氣地打個招呼：「Hi!」，或說一句：「How are you doing!」

突然之間，Malissa看了我一眼（好啦！當然是我先看她），我當下很自然地和她打了一聲招呼，她似乎有一點驚訝地回了一句：「Hi!」，然後走近問我：「請問你來自那裡？」其實這是大部分老美的第一直覺反應，看到東方人，就以為可能是來自中國或日本。所以當我說我來自馬里蘭州，而且會說英文，似乎讓她有一些小小失望。不過她還是禮貌上繼續問了我一句：「你覺得這一片花海如何？」

我回答：「雖然這花海的美是言語難以形容，但是我還是在部落格裡寫了一篇華府櫻花季的文章。」

這句話似乎真正引起了她的興趣，我也順勢打開iPhone手機，把那一篇文章讓她瞄一眼。

「哇！中文耶！」她叫了一聲。

這下子，她的興趣全來了，要求我接受她的訪問，被我婉拒，結果她竟然一直一直地盧和撒嬌說：「好啦！Please！好啦！Please！……」。

最後我終於還是招架不住，只好半推半就答應了說：「好吧！」

這時候才發現她的手上，不知何時多了一支大麥克風，而整個採訪過程中，就只有重複兩個問題，一是：「請說說，您對這櫻花盛開的感覺如何？」二是：「請用一個英文字，形容您的心情或是這一片花海。」

我只記得我嘰哩呱啦，試用幾種不用的方式，重複的回答這兩個問題，但是當採訪完畢之後，我的大腦一片空白，完全不記得我說過了些什麼。

在他們採訪完了，繼續尋找下個獵物之前，Malissa轉頭告訴我，這段採訪將會在晚上五點的新聞中播出。

可是當天晚上五點的新聞，我只見到一位剛會走路的可愛小女孩，和一位外州來的八十九歲老太太的採訪報導，完全不見我的蹤影！

▍華府賞櫻花被電視台採訪

「哼！被耍了！」

但是再仔細想想，唉！應該是人長的不夠帥，不夠可愛，不夠白，不夠黑，或是回答的不夠好吧！

如果換成是您被採訪，您的回答會是什麼呢？哪一個英文字呢？

後記——

三個多月後，在朋友家的國慶日（七月四日）烤肉時，男主人一看到我，就對我說：「幾個月前，我曾經在電視新聞上，看到你在櫻花下被採訪的報導。」

「你好像有說beautiful！」女主人也在一旁點頭同意。

由此可見，錯怪了電視臺，他們真的有播出，不過時段不是記者提到的時間，所以我沒有看到。

進京賞櫻趣

美京華府人傑地靈，除了有一大堆世界級免費參觀的博物館之外，氣候四季分明各具特色，永遠吸引著來自全美及全球的觀光客流連忘返。從暮春三月到青青四月之間，當櫻花盛開時，一片的粉色花海，讓嚴肅的華府增添一股嬌媚，是公認最有特色和最迷人的季節，而延續百年的日式櫻花「祭」也成為華府文化的一部分。

嬌慣的櫻花如美女不會準時赴約。由於每年冬天的嚴寒程度與長度不同，所以每年櫻花盛開的時間也不同，如果要專程為賞櫻花而來，那就要祈求老天爺的配合，否則可能只看到含苞待放或是落英滿地的景象。記錄中，華府櫻花最早的盛開日是一九九〇年的三月十五日，最遲是二〇一四年的四月十日，幾乎差了四個星期。所以遠方的來客，只能在三月中到四月初之間，隨便挑一個日子，因為賞櫻計劃永遠趕不上櫻花美女的變化。

二〇一〇年，妻的國中同學趁著到德州出差的機會，臨時加了兩天到華府賞櫻的行程，再回臺灣。運氣非常好地遇上了櫻花盛開（peak）日，當他面對壯盛花容的震撼，只留下四個字形容，「太誇張了！」。

所謂的華府櫻花盛開日，是指潮汐湖（Tidal Basin）畔吉野櫻有七成開花的那一天，而從開花到盛開到花謝的花期，如果天氣許可，頂多能持續約一星期左右，即所謂的「櫻花七日」。櫻花來去匆匆，因此據說日本家庭的花園一般不種櫻花，認為會對家族的延續不吉利。

偏偏華府三月底到四月初的天氣非常不穩定，經常突然颳起大風或下大雨，甚至仍然可能下雪，所以往往不用等上七天就令「來如春夢幾多時，去似朝雲無覓處」的櫻花夢碎。

一九九七年的春天，我們和一位即將回臺中中國醫藥大學接任教授的女性好朋友，一起進京賞櫻花。當天一大早，晴空萬里，艷陽高照，我帶著一支拐杖傘一起搭地鐵進城，上車後，發現整車乘客的眼光都瞪著我的那把傘。

由於西方人不流行撐陽傘，一位小朋友還走近問我：「叔叔怎麼帶傘啊？」

到了下午二點多，我們坐在古希臘式的傑弗遜紀念堂前平臺上，倘佯在溫暖的陽光下，聽著免費的戶外音樂會，偶爾轉頭望著身旁平靜無波的潮汐湖上，散布著片片踏板舟，情人們攜手踏舟，享受漫漫隆冬後的春陽，彷彿置身一幅太平盛世的風景名畫中……

然而，當我再轉頭，發現遠遠的天邊，竟然有一大片黑雲，正在快速接近中，儘管音樂會仍然進行，其他人們依舊無動於衷。我連忙拉著妻與朋友，離開現場，雖然帶著傘，還是要找一個可以躲雨的地方。

也不過就在十分鐘左右，風雲開始變色，太陽不見了，狂風暴雨接踵而至，突然之間聽到不少人在喊救命，因為原本平靜的湖面轉眼變成巨浪濤濤，很多人根本來不及上岸。所以很快地就聽到警笛聲由四方響起，一輛輛警車、救護車飛快趕到，在驚濤駭浪之中，把所有狼狽的泛舟客一個個救上岸。

就在所有的人都被救上岸之後，也就不到一個鐘頭的功夫，黑雲走了，太陽又探出頭，我們再度回到豔陽高照的湖邊，看湖面再度恢復了平靜。要不是湖岸邊的地面有一點濕，好像什麼事也沒有發生過，只是櫻花樹上的花少了一大半，花瓣鋪成了粉紅的地毯。

回家的路上，妻與朋友都問我：「你怎麼會想到要帶傘呢？」

「臺灣不是有句俗諺『春天後母面』嗎？」我說：「即使在地球的另一邊，應該也一樣適用吧！」

其實，我不是半仙，而是當天一大早的氣象預報，就特別警告會是一個「晴時多雲偶『暴雨』」的天氣。

每年到了二月底開始，此地的一些主流電臺、電視臺或是報紙，就會配合氣象部門一再地預報櫻花盛開的日子。由於二〇一八年的冬天稍冷，預報的盛開日從三月底向後延，到了三月二十號左右的預報，盛開日總算確定在四月八日，不過卻伴隨著另一個令人失望的預報，就是四月七日可能會下一場一呎的大風雪，如果真的發生大風雪，那就真的什麼花都不剩了。好在隨著日子一天天地接近，預報的積雪愈來愈少，最後的四月七日是一個「也無風『雪』也無晴」的陰天，讓所有人鬆了一口氣。

四月八日，我和妻參加了馬州中山女高校友會主辦的進京賞櫻健行，儘管艷陽高照之下仍然有些冷，潮汐湖畔步道上人山人海寸步難行，但是白色中帶有淡粉紅色的花簇，掛在彎彎的枝頭上，倒映在黛綠的湖水中，美不勝收；漫步櫻花林間，花瓣輕如飛絮，不時隨風飄落髮梢，如夢似幻。

從湖畔環目四顧，望著數千株鋪天蓋地的吉野櫻環繞水畔，壯闊的花浪如海，又濛濛似曉霧乍開，彷彿結成一個環湖的大花圈。青波盪漾的湖面，雁鴨成群，遊船點點，美景如畫，令人忘卻身旁的擁擠人潮。

我們後來轉到同樣是櫻花盛開，卻因為知名度不大，而相對人跡罕至的東波多馬克國家公園，快樂地完成兩萬步的健走。

好不容易，已經連續晴了將近五天，夜裡刮了一夜的風，一早出門散步，隔壁家院子裡的一株大櫻花樹，昨天還是繁花似雪，竟然已經芳華落盡，換上一身淺淺青綠。這種來時燦爛，去時不拖泥帶水的特色，正是日人所欣賞的武士道精神，使得櫻花成為日本國花。

而我卻感傷年復一年的期待，旅居馬里蘭州悠悠三十載，偶爾親友過訪，一夜杯恍交錯，也是來去匆匆。人去樓空後，感嘆「當時攜手處，遊遍芳叢，聚散苦匆匆」，年年櫻花開了又謝，歐陽修的浪淘沙，一句「今年花勝去年紅，可惜明年花更好，知與誰同。」不斷地在胸中迴盪。

後記——

二〇一八年四月十二日，星期四晚上突然接到中華日報副刊羊憶玫主編的訊息，邀請我寫一篇華府櫻花的文章，希望在三天內交稿，會比較快刊登。讓我受寵若驚，差一點兒從椅子跌落。「最近是華府櫻花季，到什麼時候？可否整理一、二千字配圖給華副，五月初刊還在花期嗎？多寫你自己的經驗感覺。週日可交稿嗎？」

到星期六晚上為止，居然寫了三千五百字，星期天下午刪改到一千九百字後，傍晚寄出，很快就收到羊主編的ＯＫ回覆！大概是寫過最快一次的文章，成了快筆。

黑毛寶貝Kiki傳記

這是二〇〇三年的事了，在那之前我們還沒有在美國養過狗。

一天，一位同事突然問我：「一個朋友家有六隻出生七個星期的小狗，要不要去看看？」我們要了地址，當天晚飯後就直接開車去看。

原來狗媽媽是一隻純種的德國狼犬，卻生了六隻全黑的小狗，可能是之前的一隻黃金獵犬來做客時，所播下的種。由於小狗的血統不純，已經沒有寵物市場的價值了，所以想趕快把小狗脫手送人。

儘管離開家之前，我和妻相互提醒，不要愛心一發，隨便就把小狗帶回家。可是當我們看到這些小狗時，它們大多睡得東倒西歪，超極可愛，其中一隻最小的小母狗，就不怕生，毛茸茸的像一團毛球，跌跌晃晃地一直往我們身上靠，妻小心地用雙手捧起，往懷裡一抱就放不下來了，口中直嚷嚷：「好可愛喔！」

狗主人一見，機不可失，連忙鼓吹：「她跟你們好有緣喔！」並不斷地慫恿，就這樣，我們在毫無準備的情況下，把她帶走了。出門後，我們直奔寵物店，買籠子、狗食、盤子、鍊子等必需品。

回到家，先把籠子安裝在洗衣房，接著帶她出門散步，沒想到才沒走幾步路，她就不肯走了，躺在行人步道上，我們只好抱著她走一圈。

當天晚上，把她關在籠子裡之後，雖然哀叫了一會兒，但是很快地就睡得不醒人事，半夜間也聽到小狗偶爾叫幾聲，我們也不以為意。第二天，一大清早天才剛亮，就又聽到她的叫聲，下樓一看，不得了！屎尿滾得一身，馬麻花了好多時間才把她和籠子洗乾淨。

於是第二天開始，我們把籠子移到起居室，並在狗籠旁擺了一個床墊，晚上我們就輪流睡在她旁邊，一開始她每隔兩三個小時就會醒來哀哀叫，我們立刻把她抱到院子裡大小號，這樣持續了一個多星期，哀叫的時間間隔愈來愈長，終於可以一夜睡到天亮，最後也知道要到院子裡大小號，偶爾失控時，也學會離自己的屎尿遠遠的。

由於當時沒多久前才看了黑貓宅急便（Kiki Deliver）卡通，小狗全身黑的發亮，很像裡面那隻可愛的黑貓，就把她取名「Kiki」。

之後，我們就忙著帶Kiki看獸醫、打預防針和上學，也買了健康保險，而且在獸醫的建議下，Kiki也被動了刀成了無性狗。

由於是從小帶來，她和我們非常親，尤其跟馬麻一刻不離，隨時就會把前腳勾住馬麻的腳，讓馬麻得拖著她才能走路。幾個月之後，她沒事就一直啃著一只豬大骨磨牙，只要看到我們坐下來，她就刁著那只大骨，走到我們腳邊，丟到我們腳背上，再慢慢啃，有的時候丟的太用力了也會痛呢。

六個月到九個月大的時候，Kiki在長牙，看到什麼東西都咬，拖鞋、球鞋、襪子、地毯、門框、桌腳、百頁窗等等，馬麻都急得快發瘋了。有一天看她乖乖地趴在樓梯口，啃著大骨頭，沒一會兒馬麻轉頭一看，地毯已經缺了一個口！在這段時間，我們偶爾也會在牆角發現Kiki脫落的牙齒，還好到了九個月大以後，就不再咬了。

這段時間，她長得很快，幾乎每一個星期增加三磅，一直到九個月大，長到八十磅（三十八公斤），才定型不再長了。

有一天，一位朋友只不過兩個月沒來我們家，再度看到Kiki時，驚訝地問到：「你們是不是換了一隻狗？」

Kiki長得很像拉不拉多狗，但是她的臉比較尖，耳朵沒那麼長，黑得發亮的毛也比較長，非常漂亮，個性和拉不拉多不太一樣，可能是被我們寵壞的，非常天真。

雖然不是純種狗，可是因為父母都是聰明的狗種，所以Kiki也很聰明，很快的就學會了Shake

（握手）、Sit（坐下）、Stay（不要動）、Wait（等）、Come（過來）等一些英文的基本口令。

很特別的一點，她跟後來的弟弟（Didi）不同，就是她似乎可以在鏡子或電視中認得自己，當我們用電視播放她的錄影時，她會睜著大眼，一動也不動地看得津津有味，而弟弟則是完完全全有看沒有到，甚至有點怕，不願直視鏡子或電視。

後來因為體形太大了，她的爪子會把木頭地板刮壞，我們就限制她在家裡的活動範圍，只准她在有地毯的地方活動，我們買了兩大塊便宜的地毯，鋪在一部分的地板上，也讓她不容易滑倒，聰明的她，很快就知道要待在地毯上不能越界，然而她似乎發現，睡在地板上比較涼快，於是她就把整個身體睡在木頭地板上，伸一隻手放在地毯上，就不算違規。

可能是因為從小被我們抱來的，Kiki跟我們比後來的弟弟和我們要親近的多，每天我下班一進門，她就會咬著一個玩具來找我玩，如果我沒空，她也會想盡辦法靠著我，用一隻腳、或是尾巴，只要有碰著我就行，或是就要鑽到我們懷裡，她完全不知道自己已經長得那麼大隻。

Kiki從小開始，在我們吃飯的時候，就趴在飯桌下等，因為我們不會隨便餵食，所以她會安靜地等待，直到我們吃完。當她聽到我們放下筷子的聲音，就會立刻站起來，直到有一天，突然發現她站起來的時候，會「叩」的一聲，頭撞到了桌子，我們才驚覺Kiki長得這麼大了，但是她還是堅持每餐要在桌子下等，每天撞三次桌子，即使我們把她帶開，她還是要坐回去。

很多鄰居或朋友，都說我們把kiki養的好像自己的小孩，很有人性，也很任性。每當我們帶著Kiki在社區裡散步，不論認識或不認識的鄰居，都會過來哈啦兩句，不外乎「喔！你們的狗好漂亮！」之類，妻也都信以為真地好開心。

或許是天生留著牧羊犬和獵犬的血液，她只要看到移動的東西就會去追，不論是草地上的兔子，還是路上的車子。

事情終於發生了，一天，我正在外地與客戶面談，突然手機響起，妻在手機的另一端泣不成聲，我只聽清楚了一句話，就是：「Kiki被車撞了！」我只好起身，與客戶連聲道歉後，趕緊回家。

我回到家時，Kiki早已經沒有了心跳，但是眼睛還睜開著，我慢慢的用手掌把她眼睛合起來，同時在她的耳邊輕輕的說：「趕快脫離狗身，投胎去作人吧！」

自此之後，妻非常的自責，每天只要想到Kiki就哭，好幾天之後，發現視力有些模糊，好像哭出了老花眼，才不敢再哭了。

但是，日後只要在路上看到別人的狗，或是朋友提到Kiki，又會流淚不止，甚至快要有憂鬱症了，我也不知道如何勸，才能讓她釋懷。

就這樣過了快半年，有一天在一個餐會上，遇到了一位非常有智慧的資深慈濟老師姐，當她聽完了Kiki的故事之後，面對淚流滿面的妻，非常嚴肅地對她說：「妳不能再哭了，Kiki好不容易過了一年快樂的日子，還沒有完全長大就脫離狗身，投胎去作人，妳如果一直哭，會讓她有所牽掛，不能脫離苦海去投胎，這樣會害了她，妳應該高高興興地和她道別，為她高興才對！」

就這麼一席話，如當頭棒嚇，妻再也不哭了，回到家，妻對著空空的狗籠，自言自語了一段話之後，把所有Kiki的東西打包收到儲藏室，臉上再度出現了陽光，我們的生活也回復了平靜。

弟弟和球球的愛恨情仇

弟弟（Didi）是一隻萬人迷的喜樂蒂牧羊犬，鄰居麥克（Micheal）原來養了一隻小馬爾濟斯球球（Jojo），也是集三千寵愛於一身，超級可愛的小天使！

但是非常奇怪，球球就是和弟弟不對盤，早些年每次外出遛弟弟時，如果球球老遠看到弟弟，就會先下手為強，大聲狂吼，叫得天崩地裂，弟弟被招呼了幾次以後，也就非常不爽地回敬，也是吼得驚天動地。

後來雙方只要遠遠地看到對方的影子，先看到的一方必然首先發難狂吼，然後雙方上演呼天嗆地合奏曲，像是天雷鈎動地火一發不可收拾，天地為之變色！非常誇張，很難想像兩隻外表「小鳥依人」的小狗，能合作製造出來這麼狂野的噪音。有時候引得不少旁邊的住戶鄰居打開門窗，探頭出來看看，到底是發生了什麼事。

好多次，我們試著想撮合他們的友誼，把他們拉近距離，結果落得雙方互嗆得肝膽俱裂，好像上輩子他們就有仇似的，最後我們兩邊只好把他們拉開，然後落荒而逃，害了連帶著好多年，我們兩家的友誼只局限於遠遠地揮一揮手而已。

二〇一五年初的某一天，一大早，我照例在社區步道遛弟弟的時候，突然一輛車停在我們走道的路旁，搖下車窗，原來是麥克，但見他兩眼夾淚，失魂落魄的樣子，告訴我：「球球昨天晚上心臟病發作，走了！」一個大男人有此表現，想必是性情中人。

夏天開始之後，由於天色要到九點半以後才會暗下來，我和弟弟和弟弟的馬麻，就把每天傍晚的出遊散步時間加長，有一次剛好在路上遇到麥克夫婦，就順便邀了他們加入我們，從此天天四個人和一隻狗同行，吱吱喳喳講中文，不亦樂乎同遊了一夏。

去年感恩節前，老婆回臺，麥克打電話邀請暫時單身的我去他家過節，同時也請一些他們的朋友，其中有兩位也帶著他們的毛小孩（雪納瑞Lido和貴賓Lulu），所以我也帶著弟弟名正言順地登堂入室，由於經過了一個夏天，弟弟和麥克叔叔已經很熟了，但是要進他的家，弟弟剛開始還是有些猶豫。

進去之後，弟弟和另外兩隻毛小孩倒是相處愉快，沒有呲牙裂嘴的情形發生，偶爾相互吃吃醋而已。可是三隻小天使，整個晚上就一直只圍著麥克叔叔轉，因為只有他最心軟，隨時會有食物「不小心」掉到三隻毛小孩的口裡，其他所有的大人和唯一的小朋友岱安妹妹則一直圍著他們三個轉。

弟弟

感恩節過後，麥克叔叔又利用吃菜尾及吃油飯為名，邀請弟弟和我，去了他家三次，弟弟就一直纏著麥克叔叔，每一次都讓弟弟「不小心」滿載而歸。

昨天下午遛弟弟時，再度走到麥克叔叔家門口外，我故意把繩子放開，弟弟毫不猶豫地衝到麥克叔叔家大門前臺階上，舉起前腳，好像想用前腳去敲麥克叔叔家的門，他完全忘了從前和球球的恩怨。

所以結論是，您要是跟誰有仇，也不要去跟對方吵，而是一定要比對方活得更久！

Didi走了

那天一早起來，下了樓，怎麼不見弟弟（Didi），叫了幾聲，才聽到一點點聲音，原來他趴在廚房的一角，兩個大眼睛看著我，卻一動也不動，我當時也沒有意識到問題有多嚴重，心想可能是天氣太冷了吧。

之前，每天早晨起床之後，從二樓下到一樓客廳時，都會看到弟弟蹲坐在樓梯口，搖著尾巴，然後把頭鑽到我懷裡，一定要我把他抱抱摸摸好一會兒，直到他覺得高興了，才搖搖頭甩甩尾伸伸懶腰站起來走到洗衣房，站在他的飯碗前面，一雙大眼睛看著我，好像在說「我餓了，要吃早餐。」然而長得秀氣斯文的弟弟，總是狼吞虎嚥地吃完一餐。

弟弟十一歲又八個月了，怎麼看，他都是一隻健康的狗。九月份的健康檢查報告，除了有老化現象的幾個指數稍高之外，毛髮亮麗，一切都很正常，平常在社區裡散步時，神采飛揚的樣子，不認識的路人還是常常會停下腳步問一聲：「好漂亮喔！他還是小幼犬（puppy）嗎？」

我們也喜歡叫弟弟為「臭迪」（臭弟），因為我們以為給他一個菜市場名可能可以讓他更好養，希望他能陪我們久一點。其實臭迪一點也不臭，即使有時候很久沒洗澡，身上也沒有怪味。即使弟弟洗好澡的時候，全身暖暖的、香香的，我們仍然喜歡摟著他，喊他「臭迪」。

晚上看電視的時候，我們會把弟弟抱上沙發，或是馬麻坐在地毯上，弟弟就會把頭塞進馬麻的懷裡，讓馬麻撫摸著他的額頭，輕輕地唸著，「心肝肝，寶貝心肝肝⋯⋯」，弟弟就安安穩穩地睡著。

從大約十一月初開始，弟弟的胃口突然很明顯地變差了，甚至有時候會吐，剛開始獸醫也查不出原因，兩個星期之後再驗血，才發現他的肝功能指數超高。再進一步作了超音波和穿刺切片之後，也沒有癌細胞的跡象，好像就是肝有一點發炎而已，總共花了一千多美金。然而聽起來，獸醫也根本弄不清楚到底弟弟生了什麼病，只說：「應該沒有什麼嚴重的問題。」

我們當天就拿了四種藥回家，而後每天最辛苦的事，就是如何把藥餵進弟弟口中，我們買了專門治療肝病的狗食，最好的狗罐頭，配合著雞蛋黃給他吃，馬麻也每天準備他最喜歡的水果。一兩星期之後，看著他的胃口好轉了很多，精神也很好，也胖了一點，仍然一如往常老是咬著球，來找我們陪他玩。每天我們也照例早晚出門散步，他除了胃口不好之外，似乎沒有太多異樣。即使在他走的前一天晚上，還咬著球來找我玩，不過只撿了兩次就坐了下來，不肯再撿了。

就在最後兩天，弟弟變得更沒有胃口了，大便顏色也愈來愈深，我們又去獸醫院拿了藥，好不容易用煮得半熟的蛋黃包著藥，他才肯吞下去。

那幾天我出門上班之前，會餵弟弟吃好早餐後，再帶他出門上一次廁所，但是那天當我叫他時，只見他想要爬卻掙扎著爬不起來，旁邊有他吐的東西和一些糞便，情況似乎非常不好，我才意識到弟弟可能病得很嚴重，所以立刻決定留在家裡，用網路上班。由於獸醫院要到九點才開門，所以我想再等十幾分鐘，八點半左右再帶他出門去醫院。

但是就在我要打開電腦上線時，突然聽到弟弟在大口地吐氣，趕快放下電腦，回頭抱著他，才覺得真的不對勁了，趕緊上樓把妻叫下來，等我把他抱起來放到車上時，弟弟好像已經沒有氣了。妻就坐在後座抱著弟弟，一路唸著佛號，飛快地開到獸醫院，已經來不及了，妻口中全世界最漂亮的毛小孩，就再也回不來了。

我們在弟弟一歲三個月時領養他，轉眼間十年多的日子就過去了，感謝弟弟用一生的時間，帶給我們十年最美好的日子。我們知道弟弟遲早會走，只是沒想到會走得這麼早、這麼快、這麼突然，我不敢哭，擔心那會讓妻崩潰。

這麼多天來，每天早上，我仍然會坐在樓梯口一會兒，輕輕的喊著弟弟，默默地掉眼淚，好希望他能回來再讓我抱一次。時間過得好快，好多天過去了，這種溫暖的感覺，慢慢地，一天……比一天……淡了……。

非常感謝，這些天來很多位認識弟弟的好朋友們，在教堂裡為弟弟禱告，希望他留在天堂，永遠作一個無憂無慮的快樂小天使。妻在餐廳角落的小桌子上，點了三盞小蠟燭，替他唸了七七四十九天的佛經和佛號。

再見了，弟弟，一路好走！

小鹿亂撞之烏龍殺妻事件

偶爾在臉書上放幾張鹿兒們在我們家前後院吃草的照片，草食動物的一雙無辜大眼，總會引起臺灣的一些親朋好友留言，「好可愛喔！」或是「好羨慕你們喔！院子就是動物園的可愛動物區。」然而有時候故事的發展會是很荒謬的……。

由於美國的許多州都有鹿滿為患的問題，所以每年十一月到隔年的一月是許多州的打獵季，明定一個季可以打多少隻鹿、黑熊或其他野生動物，季節結束或達到了數額就不准再獵了，比臺灣還小的馬里蘭州，一季的獵鹿數額竟然高達八萬五千頭，就可以知道問題有多嚴重。打獵季前後，常常會聽美國朋友們談論如何申請打獵的證照，以及打獵的趣聞，如果真的能夠打到一隻鹿，冰凍起來或做成肉乾，大概好幾個月可以不用買肉，甚至有角的公鹿頭還可以做成標本，掛在客廳裡炫燿。

每年到了深秋，應該是很浪漫的季節，白天愈來愈短，樹上的葉子漸漸地掉落，也到了鹿的交配季節，根據動物學家的研究，鹿是一種很笨的動物，這段時間，發情公鹿的一雙大眼好似燃燒著烈火，變得色欲薰心而發狂，不可理喻地橫衝直撞，更常把公路上的車子誤認為情敵。

幾年前的一個秋天，下班時天已經黑了，當經過一個左邊是樹林右邊是草地的路段，突然，高速前進的車子右後方，不知道被什麼東西狠狠地撞了一下，差一點沒翻車，從後視鏡看去，只見到一團大黑影閃過，下車查看之後，才發現車廂右後方被撞凹了，而馬路的另一邊，扒著一隻大公鹿，應該傷得不輕，仍然喘噓噓氣呼呼地瞪著我的車，我只能拍拍屁股趕快走人。

在美國中西部的大平原或大山裡，最常見到騾鹿（Mule deer），大的公騾鹿動則一、兩百公斤，如果開著小型的日本車在高速公路被鹿撞上，往往車毀人亡，至少也去掉半條命。而鹿偏偏又喜歡夜裡在比較空曠的草地進食，以避免被美洲山獅或豹偷襲，所以常逗留在穿越森林的公路兩旁，甚至站在路中間。

現在馬里蘭州的法律，被鹿撞只能自認倒霉，不允許把路上撞死的鹿帶回家。不過早些年，有些中西部的州容許把撞死的鹿帶回家，或許還可以抵銷一些損失。

當年有一位就讀獸醫系博士班的臺灣留學生老麥，平日就愛吹牛如何解剖牛羊，或是用針灸的方式替便祕的牛扎針。有一次扎了幾針之後，仍不見效，於是拉起牛尾巴，想伸頭看看，結果被噴了一臉牛屎。

可是，那一場烏龍殺妻事件，才是他最得意的經典故事……

三十多年前的那個秋天，老麥的太太娘家有事，帶著還沒上學的孩子回臺灣，他一個人留在獸醫院實習。那時候的留學生，通常都開著通用或是福特的大老爺車，平常耗油像喝水一樣，好在那個年代的汽油很便宜，而且那種車的好處就是耐磨、耐撞又安全。

反正老婆不在家，老麥每天早出晚歸努力地留在獸醫院裡工作，回家時，往往天都已經黑了。一天，他照例忙到很晚，在黑呼呼的夜裡開著大而無當的老爺車回家，一路在公路上奔馳，突然之間一個黑影從路邊衝出來，直接撞上老爺車的右前方，還好車子大，所以沒有翻車。

他下車一看，右方的車燈已經撞得粉碎，而且保險桿也凹進車體裡，車前方直挺挺地趴著一頭大公鹿。老麥氣得七竅生煙，儘管人沒有受傷，但是要把老爺車修好可還是要花上一大把的銀子，對窮留學生而言，那比大腿上割下一塊肉還疼啊！

老麥上前看了看那隻大公鹿，發現一枝斷的鹿角扎進自己的頭和胸口，竟然當場斃命。於是就一個人拼了九牛二虎之力，把一百多公斤的鹿拖進後車廂，心想帶回家好歹也可以吃上幾個月。好在車頭雖然被撞壞了，勉強還可以開，於是慢慢地開回家，停進車庫。因為已經很晚了，而且也累得夠嗆，就沒有處理鹿的屍體，先洗澡睡覺了。

第二天是週末，原本想賴個床多睡一會兒，沒想到一大早有人敲門敲得很急，打開門一看是兩位警察站在門口。警察用客氣卻很嚴肅的口吻問著：「早安，麥先生，我們能否也跟您的夫人打一聲招呼嗎？」

還穿著睡衣的老麥，心裡覺得莫名其妙，睡眼惺忪地回答：「老婆不在家，回臺灣去了。」

「不要動，手舉起來！」一位警察突然掏出手槍對著他，嚴厲地大吼道：「有人報案，說好幾天沒有見到你的太太和小孩，你可能把他們殺了！」

「蛤？」這下子，老麥墜入五里霧中，摸不著頭腦地叫道：「怎麼可能！老婆真的回臺灣去了。」

他被上了手拷，並被拉出門，一直拉到車庫前。

門口已經站了一些圍觀的鄰居。

警察指著車庫門下流出一條長長的，還一直延伸到馬路上的血跡，問道：「你好好說清楚，這是怎麼一回事！」

老麥完全傻了。

好幾秒之後，才突然驚醒：「啊！對了，昨晚撞到一隻鹿，還在後車箱裡，一定是鹿血。」

等到打開車庫門，再打開後車箱，確定是一隻鹿之後。

圍觀的鄰居中，這才有人開口說：「就是說嘛！他們夫妻平日感情那麼好，怎麼可能殺妻呢！」

「那妳報什麼警啊？莫名其妙嘛！」老麥氣得大吼。

「喔……啊……又不是我報的警！」於是人群一轟而散。

把撞死的鹿帶回家又不犯法，於是警察只好道歉離開。

因為大部分的美國人非常「雞婆」，尤其中西部的人，更有傳統西部拓荒者「路見不平拔槍相助」的俠義精神。只不過文化差異和語言的隔閡，難免容易造成誤解，剛好時空的巧合，沒搞清楚狀況就報警，加上美國警察的誇張行為，使得小鹿亂撞之烏龍殺妻事件才會成為茶餘飯後的笑談。

後記一——

如果資料無誤，現在全美只剩亞利桑那州容許把路上撞死的鹿，直接帶回家無須報案；其它很多州也允許帶回家，但是要在二十四小時內上網或電話報警。有些州則必需要等警察來到現場記錄後，才能帶回家。當然，也有不少的州如馬里蘭，則完全不許帶走。

後記二——

資深作家唐潤鈿阿姨讀了副刊後，來信說，「很多年以前我住密州女兒家時，也有過一次烏龍事件。那晚我想打電話到臺北，應先要撥〇一一—八八六而後是臺北的電話號碼。我老眼昏花，誤撥了九一一，發覺錯了，立即掛斷重撥。我正在講電話，就有人按門鈴，聽到女兒跟女婿講話『那麼晚了，會是誰啊！』她去開門，門外站了多位荷槍的警察，說有人報案，要進來檢查。女兒訝異，還沒說話。我掛上電話說：『可能剛才我撥錯號了。』沒用。那些警察硬要進來，樓上樓下全都要查看，至於前後院他們也許早已察看過了。」可見美國的警察就是這麼的誇張！

後記三——

刊登之後，故事中的麥太太在Line上寫道，「故事中女主角仍活著可作証，是真有此事，雖然時空地點有點出入，那是我來美國的第二年，……，可是那都不重要。重點是在獸醫系外科的一把手之下，我家確實吃了二個多月鹿肉，在那窮留學生時代，蔥薑爆鹿肉，美味啊！」

逐鹿花園

夜裡，氣溫降到華氏十五度(攝氏零下十度)，又下了場小雪，清晨打開窗，窗外一片銀白如聖誕卡的冰晶世界，院子裡的薄薄雪泥上，照例看到幾排大小不同的腳印，蜿蜒地消失在不遠處的林子裡。看來無論有多冷、多熱，哪怕是下雨、下雪或下冰，鹿兒們仍然天天在社區裡暗夜巡邏。

馬里蘭州的鹿，如果遇到危險，就會豎起短短的白尾相互警告，所以叫做白尾鹿（Whitetailed deer）。面積比臺灣還小的馬里蘭州，去年九月到今年一月打獵季的四個月中，就獵殺了八萬五千隻白尾鹿，可見鹿群的數量之多，多到令人頭痛。

我們社區裡的房子大約呈雙排的ㄇ字形排列，每家的後院之間都有些野草、樹叢和大樹的空地，社區中央則保留了一大塊綠地，有兩個小水池和一條小溪。小溪流出社區後，匯集其他好幾條溪流，最後流到數十公里遠的波多馬克河，那是維吉尼亞與馬里蘭州的界河。沿著彎曲的小溪兩邊，是一大片狹長的原始森林，所以有足夠的空間和食物讓無數野鹿悠遊自在地生活其中，也讓這大都會的郊區生活多一些野趣。

記得在一九九九年，剛搬進來的那頭一兩年，因為是全新的社區，許多陸續搬進來的人家會在前院裡高高興興地種滿鬱金香，一大片的花海煞是好看。但往往不消一兩個晚上，全部被鹿兒們吃得一乾二淨，連葉子都吃光光，只剩下一點點的殘莖。兩、三年後大家都學到了教訓，就再也沒有人種鬱金香，而改種薰衣草、萬壽菊、杜鵑等等一些鹿兒不愛吃的花草。

而後每年春天一到，社區裡的家家戶戶都會忙著整理院子，打掃冬天殘留的樹葉，順便再種些美麗的花花草草。傍晚在社區裡散步時，只要發現某一家的前院子裡突然種了漂亮的鬱金香，就知道那一定是新搬來的人家。但是也來不及警告，鹿兒們應該早已興高采烈地奔相走告，晚上有大餐可以吃，果真第二天再出門散步時，滿園的鬱金香全都不見了。

春夏之交的五、六月左右是鹿繁殖的季節，到了仲夏的傍晚，社區的草地上隨處可見一隻隻已經斷奶的小鹿，金褐色的皮毛上仍然散布著小白點，和卡通裡的小鹿斑比一樣可愛，緊靠在沒有小白點的母鹿旁低頭吃草，偶爾抬起頭用一雙無辜的大眼睛，看看四周的花花世界。

夏日晚餐後，我們喜歡坐在陽臺上乘涼，當天色漸暗之後，就偶爾會看到幾對大小不一的亮點，鬼鬼祟祟地在漆黑的林子裡晃動，那就是鹿媽媽帶著小鹿到每一家的前後院逛街，可能也順便教教小鹿哪些草好吃，哪裡又可以找到好吃的花。

幾年前，我們發現鄰居莉絲家的院子總是百花爭艷，包括鬱金香，難道她有什麼撇步可以「逐鹿」？詢問之後，她說：「可以到花店買動物園老虎獅子或熊的尿，澆在花圃裡，鹿就不敢來了。」難怪經過他們的院子，會有一點怪怪的氣味。

果真，儘管有一點尿騷味，我們的院子居然維持了一個多星期的好日子。但是某天一大早，發現好多試種的花又不見了。原來，經過了幾天的日曬雨淋，尿已經化成了肥料，鹿又回來了。

前年莉絲又告訴我們：「花店有賣一種黑色的細紗網，罩上黑紗網的花，人眼幾乎看不出差別，但是可以避免花被鹿吃掉。」果真，去年春天，我們在花圃裡試種了一些鹿喜歡吃的花，又可以在看不見的黑紗網下爭奇鬥艷。

在還沒開發之前，這個社區是一個四周被原始森林包圍的大農場，就住著許多鹿，因此應該說是我們搶了鹿群原本的家。還好，除了兩三戶人家把前後院子用籬笆圍起來之外，整個社區仍然像是一個開放給鹿兒們散步和用餐的大公園。

二十年過去了，鹿兒們居然還可以一代傳一代，熟門熟路地在半夜到處串門子、悠哉地吃消夜。而我們既然無法「逐鹿」，也只好與鹿兒們和平相處，把「花園」當作動物園的可愛動物園區吧！

散步一「夏」

上星期五下午，突然一陣狂風暴雨，夾雜著冰雹，有如千軍萬馬從天而降，天黑後雨勢稍歇，氣溫也驟降不少，第二天一大早出門遛狗，才發現一地的落葉與枯枝，儘管月曆上今天才正式入秋，然而大自然已經提早一個星期揭開了秋天的序幕。

今年的夏天特別舒適，往年通常會熱到八月中旬，有時可以連續數天在華氏一百度以上（攝氏四十度上下）。由於馬里蘭州地形影響，南方上來的濕氣不易散去，濕熱難過的程度有時可以和臺北相比，但是今年除了七月中旬熱了兩個多星期之外，也只有華氏九十多度（攝氏三十二度），到了七月二十日之後，就少有華氏九十度以上的日子，好像秋天已經提早兩個月來了。

社區內的綠化做得非常好，中央大道兩旁種了高大壯觀的美國梧桐，其他巷道的行道樹還有楓樹、槭樹、橡樹、椴樹、榆樹、美國花梨等等，而家家戶戶的前院裡常見的有紫薇、樺樹、山朱萸、冬青樹（聖誕卡上常見）、櫻桃樹及松杉柏樹等等，當然還有更多各種不同的賞花灌木、和草本植物。

夏天，七、八月晝長夜短，加上日光節約時間撥快一個小時，一直要到九點半以後才會天黑。每天傍晚八點前後，家有養狗的鄰居們就紛紛出動，帶著他們的狗兒子、狗女兒散步。我們當然也不例外，帶著弟弟（Didi）每天早晚各出門走社區一圈，另一方面也感謝弟弟替我們的健康加分，也讓我們有機會認識鄰居和居住環境。

華府四季分明，花季也分明。三四月是水仙、美國花梨、櫻花、杜鵑、……等的花季，應該也是鬱金香的季節，但是往往有新搬來的住戶，高高興興地種了一院子開了花的鬱金香，第二天早上一開大門，就發現全部被鹿吃光光，一棵也不剩。五六月主要是彩色的康乃馨和山茱萸的白花世界（也有些品種帶點黃或紅色，我們社區種的多為純白），山茱萸有點類似臺灣的桐花，形成了五（六）月雪的美景，山茱萸的葉子秋天也會變紅。

六月底以後紫薇就開始開花了，花季長達三個月，花色有白、粉紅、桃紅到艷紅都有的紫薇花，社區裡幾乎一半以上的住戶院子裡都有種一兩棵，夏天牽著弟弟散步其下，走在撒滿一地墜落小花的步道上，到了八月底，每天心中還盤算著何時紫薇花才會落盡，秋天就會悄悄地來了。

今年（二〇一三年）夏天有另外一個特色，那就是蟬（Cicada）多，四月時，美東一帶的媒體就一再發布一則蟬的新聞，提到今年的夏天將會有一種十七年蟬的大暴發，它們上次曾在一九九六年大量出現過。在馬里蘭州，今年這一群蟬的聲勢雖然比不上二〇〇四年的那一群十七年蟬，但是數量仍很明顯的比往年多。說也奇怪，在某幾棵特定的梧桐樹上就會有特別多的蟬，當走過這幾棵樹下時，眾蟬齊鳴，還真令人受不了。

根據維基百科的說法，美東地區大約有兩種、三十群不同的蟬，一種是十七年或是另一種十三年蟬，分布在不同的地區，每當它們蟄伏了十三或十七年後，就會整群一起爬出地面，排山倒海似地佔據在樹梢，拚命地吶喊，六個星期後就只剩下空殼，大地再度安靜下來。

舊家的梨樹

舊家曾經有兩株二十世紀梨樹，長在後院靠木柵欄杆的角落邊邊。柵欄外有一排屬於社區的布萊德福梨樹（Bradford Pear），這種會長得很高大的洋梨樹，春天開著臭臭的白花，像是一棵棵巨型的白花菜，非常漂亮，卻只會長出滿滿一樹和小指頭一般大不能吃的小梨。那兩棵長得只比我高一點兒的二十世紀梨樹，儘管枝葉茂密，卻像個小媳婦兒似的，楚楚可憐地躲在這排洋梨樹的後面。

那是一九八九年，舊家的前任屋主也是臺灣來的，他們賣了房子之後，全家搬回臺灣。在交易前，男主人就很高興的帶著我去看那兩棵二十世紀梨樹，他一直強調：「別看它們不大，但是可會長梨，而且甜的不得了呢！」當時我仍然單身，或許也是衝著這兩棵梨樹，毫不猶豫的買下了這幢房子不大，有一點破舊，卻有一個三分之一英畝大的院子，位於郊區的舊家。

果真，頭一年的來春之後，兩棵樹上長滿密密麻麻的小梨子，我特別施了些果肥，希望它們每一顆都能長大。左等右等，等到了夏末它們還是都長不大，而且長在外層的每一個梨子，都被鳥吃得坑坑巴巴的，地上也有一地被松鼠吃剩下一半的果子，更糟糕的是，也招來許多螞蟻。後來，一位朋友告訴我們：「你們要趁果子小的時候，摘掉至少三分之二，剩下的才能長得比較大。」

往後的每一年春天，摘掉一部分小梨子之後，剩下的梨子果真長得比較大，我也會學果農，用紙將比較大的梨包起來，不過還是會留一些給鳥兒和松鼠。到了夏末，偶爾會發現一兩顆躲在樹叢深層的漏網之「果」，竟然可以長得和我的拳頭差不多大。

二十世紀梨不論外型或口感，都和美國常見的梨大不相同。有一天，看到兩個美國女孩，站在欄杆外，對著兩棵梨樹評頭論足，我們走近後，她們很興奮的問：「這是什麼樹呀？果子的形狀好像蘋果，但是果皮又不像！」妻就順手摘了兩顆梨請她們嚐嚐，告訴她們：「這是一種亞洲梨。」她們咬了一口之後，睜大了眼睛，叫著：「好甜喔！從來沒吃過這麼甜的梨呀！確定這是梨嗎？」那時候的美國，尤其在美東的西方超市很少見到亞洲梨，尤其是綠皮上帶著褐色小斑點的二十世紀梨，更是沒見過，只能在一些東方超市，偶爾會見到一些難看難吃又貴的韓國黃梨，難怪她們會如此好奇。即使是現在，可以見到各式各樣老美通稱的亞洲梨，但二十世紀梨仍然不常見。

有一年暑假快結束前，我們邀請好友同事，在後院舉行的烤肉派對上，擺了一盤賣相不太好，卻最叫好的二十世紀梨。一位老美同事把核都吃了，他說：「你們家的亞洲梨太甜了，好像糖水蜜過一樣，而這核心部分，有點酸，反而更好吃！」那些年，我們到朋友家拜訪時，偶爾帶上一小籃大小不一的梨，總會引起：「好甜喔！」羨慕的驚嘆，而得意洋洋。

我們在這有大院子的舊家住了十個寒暑，儘管轉眼搬離舊家快二十年了，我們偶爾還是會在開車路過時，順道回去看看舊家和那兩棵梨樹，在院子外好似與熟悉的老朋友打招呼，回憶美好的舊時光。但是柵欄外的那排洋梨樹愈長愈大，已經長得像大恐龍一樣伸進了柵欄內，把天空都遮住了，兩棵二十世紀梨樹彎著腰，好像愈長愈小了。

幾天前，一時興起，又開車順道去看看，兩棵梨樹不見了，現在的白人屋主說：「那兩棵亞洲梨樹，被那排洋梨樹壓迫得愈來愈小，只會長一些像手指頭一般大的小果子，不能吃，卻又招螞蟻，我就把它們砍了。」

嗚……我們非常失落，不識貨的老美，砍了老梨樹，也把我們那十年甜蜜蜜的回憶砍得無影無蹤，沒有機會與老梨樹說一聲再見，無處再話「梨」愁。

西瓜皮的鄉愁

臺灣的夏天盛產西瓜，幾乎每一個西瓜都是皮薄、又沙、又甜。但是早年沒有冰箱，臺灣的夏天又濕又熱，西瓜不能久放，一個大西瓜切開之後，頂多只能放兩天，好在當年我們家人多，放不到兩天就吃完了。

記得小時候，父親還是少校軍醫，我們家住在板橋大庭新村的最後一排。父親領著少少的薪水，大家的日子都過得很清苦，卻能苦中作樂。記憶中每天最高興的一刻，莫過於傍晚看到身著軍裝的父親，遠遠的從巷子口走回家，尤其是在夏天，如果看到父親手上抱著一個大西瓜，我就會立刻衝出去，興高采烈地幫爸爸把大西瓜抱回家。

父母親每天為了要滿足我們五張小嘴，除了想盡辦法把我們餵飽之外，也盡量不浪費手邊可以利用的任何食材。有時候難免買到一個皮比較厚的西瓜，父親就會把削去外層青皮的西瓜皮，切成一片一片的厚片拌炒肉片，或是代替冬瓜煮成西瓜皮排骨湯，有時候也把它切成薄片，像糖醋涼拌小黃瓜一樣。不論如何處理，那帶有一點點甜甜脆脆的口感，總會讓我們食慾大開，將西瓜皮一掃而空。後來每當我吃到糖醋涼拌小黃瓜的時候，竟然也常常捲起我對西瓜皮的鄉愁。

其實，吃西瓜皮的機會非常少，因為平日都是母親掌廚，父親是不常下廚的。後來他離開軍職自己開業，更是忙得不可能再下廚，只在突發奇想的時候偶爾露一手，反倒是令我們記憶深刻。母親有時也會哀怨地抗議：「給你們做了一輩子飯，你們都不記得，你爸爸只做幾次西瓜皮，你們卻都記得。」而後我出國唸書，離家三十多年，如今父親又已作古，想要吃西瓜皮，也只能自己動手。

前些天，在馬里蘭州Costco的大賣場，看到堆積如山的大西瓜，這是今年第一次看到西瓜，幾乎每一個人都抱起一個大西瓜，左拍拍右敲敲，希望能夠挑到一個又甜、皮又薄的大西瓜回家。回到家，把西瓜切開一看，雖然非常的甜，皮卻很厚，於是我就把西瓜皮切成厚片，炒成一盤紅燒西瓜皮雞片，並且拍成照片放在臉書上，引來許多臉友的讚，住在印第安納州的妹妹也留言說，「讓我想起父親以前的西瓜皮燉排骨。」

我把剩下的半個西瓜皮切成長條薄片，加一點點的糖、鹽、醋、麻油攪拌均勻，冰鎮之後，酸酸、甜甜、清清、爽爽、脆脆，一盤誘人的糖醋涼拌西瓜皮，怎麼一個《舌尖上的鄉愁》了得！

後記——

〈西瓜皮的鄉愁〉是刊上中華日報副刊的文章，刊出後，很快接到主編羊憶玫的來信：

志榮你好

〈西瓜皮的鄉愁〉刊出後，引起一位老作家的注意

這位唐阿姨以前住大庭新村，他先生姓周；唐阿姨說，我家進「大庭新村」大門，一直往前走，走到最後的右側一排房子之一的一七二號，左右鄰居有姓張、常、王、楊等多家，她說王家有個孩子叫「王正中」，不知會不會是你家兄弟呢？

華副羊憶玫

羊主編您好，

不知道您說的唐阿姨是不是唐潤鈿唐阿姨？

當年我們家的號碼是二五九號，所以距離一七二號有一些遠，我們是在進村子的最後一列，再往左轉的巷子最後一排，所以我也不認識王正中，但是很高興聽到唐阿姨的消息！

謝謝

九里安西王 敬上

是的，正是唐潤鈿阿姨呢！她看到你的文章非常欣喜:))))

華副羊憶玫

非常感謝羊主編。

我想唐阿姨一定不認識我，但是我怎麼可能不知道她呢！可以將我的電郵給她，或是如果她願意將電郵給我，與她連絡。

謝謝

九里安西王 敬上

〈西瓜皮的鄉愁〉也成為認識唐阿姨的橋樑，今年九十多歲的她仍然勤寫不輟，和我成了忘年之交，我與她的女兒周密同年，周密也是知名作家，也成了我可以互相勉勵的好朋友。二〇一七年我回到臺灣，唐阿姨請我與華副羊憶玫主編一起午餐，她們都是我的伯樂。

親愛的，妳要搶銀行嗎？

小時候，母親常說：「多衣多寒。」所以即使我從小身體不好非常怕冷，還是常常訓練自己不要穿太多衣服，一直到高中練了中國功夫之後，我才變得真的不怕冷。記得在大學時的一個冬天，班上一位女同學居然對我說：「能不能拜託你多穿一件衣服？看到你，我就發抖。」

來到美國的頭三年半，住在與北大荒相當的蒙大拿州山城密蘇拉，冬天一、二月冷到攝氏零下二、三十度是很正常的事，後來搬到大約與北京相同緯度的馬里蘭州，跟本不覺得有冬天，偶爾在冬天回到臺灣，當然就更不覺得有冬天了。

最近幾年，我們常在秋末之際回臺灣，因為那段時間的臺北比較乾燥涼爽，溫度大多在攝氏二十度上下，儘管偶爾會飄一點小雨，但是對我而言，那是最舒服不過的溫度。

二〇一七年十月底，剛回到臺北的頭幾天，由於十二個小時時差的關係，清晨天一亮就睡不著了，於是每天都很早起床，換上短褲和短袖波羅衫，出門散步，在人車稀少的清晨散步，空氣清新舒服極了。然而看到在公車站等車的學生、或是上班族，竟然有人穿著毛衣甚至皮大衣，看來對於大部分的臺北人而言，可能算是有點兒冷了。

一天上午，氣溫不到攝氏二十度，我照例穿著短褲、短袖波羅衫，戴太陽眼鏡和棒球帽，搭乘電梯下樓準備出門散步。當電梯停在四樓時，進來了一位穿著長褲厚大衣，還用毛圍巾圍著脖子和頭髮，看不出來年紀的婦人。

進了電梯後，她轉身背對著我，一直一直笑了好幾秒鐘，之後，也沒有轉身，就只伸出手向後指著我說：「看看我包得像粽子，你還穿短褲短袖。」然後又加了一句：「年輕真好！」

「不好意思。」我回道：「我六十了。」

她突然回頭，用僅露在空氣中的一雙眼睛，把我從頭到腳快速地打量了兩秒鐘。此刻，電梯門打開了，她沒好氣地回了三個字：「保重呀！」然後快速衝出大樓，消失在轉角。

其實，要不是她跑得太快，我還真想回她一句母親的名言，「多衣多寒啊！」然而不可諱言，每一個人對冷的感覺，還是多多少少會有差異，也可能是可以訓練或習慣的。

二〇一八年初，美東出現一道號稱是百年來最強的「炸彈氣旋」冷鋒面，連續兩個星期的氣溫都在冰點以下，甚至連續好幾天白天的最高溫，都只有攝氏零下二十幾度。

一天在社區門口，看到從校車下來的小學生，竟然有好幾位沒穿外套，而是把厚外套掛在背包上，還有穿著短裙的小女生，一個個紅咚咚的小臉上，要不是口中吐的白氣，完全看不出冷，初生之犢不畏「寒」的氣魄真令人驚訝。

我們看傻了眼，妻還有一點兒擔心的說：「這些小朋友是真的不怕冷，還是不知道冷啊？」。其實不用擔心，俗諺不是有云：「小孩子屁股有三把火。」我們愈來愈怕冷，或許是因為火差不多快燒完了吧！

儘管我們在馬里蘭州住了將近三十年，或許也是因為年紀漸長，變得愈來愈怕冷，身材修長纖細的妻，比我少一層肥油保護，當然比我怕冷。

然而不論再冷，日子還是要過。

一個出著大太陽的下午，卻只有攝氏零下二十三度，為了要去超市買菜，妻穿上絨毛雪衣，帶著毛帽子、手套，包了兩條圍巾，還帶著太陽眼鏡，被我嘲笑：「活脫脫就像是一個美麗的恐怖份子。」

進了超市之後，妻把手套和圍巾拿下來，等買好了東西，要離開時，就站在玻璃大門裡面，戴上手套，再用圍巾把頭包好。

正要戴上太陽眼鏡準備出大門時，超市的自動玻璃大門打開了，從門外走進來一位白髮蒼蒼，只穿著長袖運動衫和休閒外套的白人老紳士，走到妻子面前，很客氣地微笑著說：「親愛的（Dear），妳要搶銀行嗎？」我和妻互看了一眼，然後三個人一起笑彎了腰。

因為最近幾年來，全世界恐怖分子非常猖狂，所以即使今年冬天，美國流行性感冒大流行，天氣再冷，老美深怕被誤認為是恐怖分子，很少有人在公共場所、捷運或機場用口罩或圍巾，反而成了真正散布流感病毒的恐怖分子。

白痴老爸

二〇一六年初的美國大選，川普一路過關斬將，最終贏得大選，成為美國第四十五任總統。然而在競選其間，善於在網路上製造話題的他，也經常被人惡搞，曾經就有一張照片在網路上被網民們瘋傳；那是川普的小兒子穿了一件上面寫有「I'm with stupid」字句的T恤，站在川普的右手邊，句子下還有一個手的圖案指著川普，好像就是指著川普說：「我跟一個白痴在一起，就是他……」似的。

儘管有可能是造假的照片，我想看過的人都會哈哈大笑，而且後來的事實證明，照片沒有對選情造成傷害，只是被人當作一個茶餘飯後的笑話。但是幾乎每個看過照片的人，心中可能都會有一點共鳴，因為你我都可能曾經是叛逆青少年，或曾經是叛逆青少年眼中的白痴父母。

記得二十多年前，我有一個很帥的年輕同事Troy，身高大約一百八十公分，很像第凡內早餐中的男主角喬治比柏（George Peppard），金色的頭髮，微微上翹的鼻尖，帥氣的臉龐帶有一點稚氣，最初在和我面談時，我也看到他穩重又帶有一點幽默的談吐，後來他進了公司，被安排坐在和我同一個辦公室裡。

當時才二十六歲左右的他，有一個姊姊，卻還有一個小他十三歲的妹妹，有一陣子，他的父親常常打電話到辦公室來和他聊天，順便抱怨他的妹妹。

一天中午吃完午餐之後，他的父親又打電話來了，只聽到他在電話中，笑得上氣不接下氣，而我的手中正在處理一些文件，也無暇去聽他到底在說些什麼，等他放下電話之後，不等我問他，他就直接站到我桌前，笑著說：「我爸最近就一直跟我抱怨我的妹妹，我爸說，你妹妹今天居然叫我大白痴！」

Troy又笑彎了腰，接著說：「我告訴我爸，我也曾經有好多年認為你是一個大白痴！反正你也已經當過兩次大白痴了，還是認命吧，再多當一次有什麼關係呢！」

很多中國人常常會誤認西方人的家庭親子關係冷淡，其實不然，Troy和父親這種亦父亦友的親密關係，十分令人羨慕。然而叛逆青少年（Troubled Teenager），通常指的是十三到十七歲左右的青少年，心理趕不上生理的變化，產生反抗權威，造成與父母之間的矛盾和衝突。無論古今中外都是一樣，在他們的眼中，可能前一年還是英雄偶像的父親，此刻都成了白痴！

幾年前回臺北度假時，內弟將正在讀國中小侄子的手機借給我用十幾天，不過就在教我如何用那支只能打電話的舊型手機時，也發現在手機上聯絡資訊的名單中，除了幾位他同學的名字或外號之外，連絡人名錄上，還有一個人叫做《喜憨兒》，另一個叫做《超級大白痴》。
內弟就問侄子：「這個《喜憨兒》是誰？」小侄子頭也沒抬，就回答說：「是媽媽！」
內弟再問：「那《超級大白痴》是誰？」他兒子的回答竟是：「你呀！」

工作戰場

斷腸人在天涯
——Bar Harbor

緬因州（Maine）是美國東岸最北邊的州，巴港市（Bar Harbor）是在緬因州海邊的觀光小鎮，著名的亞凱迪亞國家公園（Acadia National Park）就圍繞在巴港市旁，是美國東岸最古老的國家公園。

巴港市除了觀光業之外，最大的工業就是一家生物公司傑克森實驗室（The Jackson Laboratory），它是全世界最大的實驗用動物培育中心，飼養著數百萬隻、五千種以上實驗用小老鼠。

記得在一九八九年，一場大火燒死了三十多萬隻小老鼠，嚇壞全球許多生物及醫學界的科學家。好在，火災之後，他們宣稱沒有任何一種小老鼠被大火滅種。

一九九二年夏天，一位在傑克森實驗室工作的朋友邀請我們去玩，我們從馬里蘭州開了十幾個小時的車，經紐約和波士頓，一路玩到巴港市，暢遊亞凱迪亞國家公園。

隔年，經過我的介紹，這位朋友也在馬里蘭州找到工作，在一九九三年搬到了馬州。

有趣的是在一九九五年深秋，因為我想要轉換工作跑道，接到傑克森實驗室的面談邀請，隻身再度往訪巴港市，由華府乘飛機到波士頓，再轉十二人座的小飛機到緬因州首府班果（Bangor），租了一輛福特野馬（Ford Mustang）跑車，再開四個小時，又來到了巴港市。

由於一九九二年帶老婆來此度假時，正值春夏之交，滿山翠綠的國家公園和滿谷歡樂的人群，牽著老婆的手，在此羅曼第克的國家公園，和遊客熙來攘往的小鎮中悠遊散步，曾經留下非常美好的回憶。

然而此刻的風景完全不一樣，雖然尚未下雪，已經非常冷了，除了遠山的長青松柏之外，紅葉幾乎都已經落盡，只剩下滿是枯枝的樹林，而夏季每天都有露天音樂會的市中心小公園，此時更是滿地枯葉，一個人影也沒有，所以當天傍晚才一進城，看到蕭瑟的街道，心情就被濃濃的憂鬱所籠罩著。

安頓好旅館之後，我就在古色古香的小鎮裡，找了個餐廳，一個人在冷清的餐廳裡，狠狠地吃了一頓海鮮大餐，然而出了餐廳門，小鎮街道四下無人，我把領尖拉得高高的，頂著颼颼的寒風，踩著厚厚的枯葉，穿過小公園走回旅館時，突然聽得樹梢上幾聲烏鴉叫，看著夕陽，讓我不由得想起那首馬致遠的元曲〈天淨沙，秋思〉：

枯藤老樹昏鴉，
小橋流水人家，
古道西風瘦馬。
夕陽西下，
斷腸人在天涯。

回到旅館，更發現整排的旅館房間，竟然只有我的房間有燈亮著。從房間陽臺上，可以看到巴港市港口內，有一艘要前往加拿大Nova Scotia的渡輪，當渡輪鳴起長笛，催促人們趕快上船時，仍然看不到一個人影，心情簡直低沉得無以復加，即使現在二十多年過去了，還是難以忘懷當時的心情。

雖然第二天的面談進行得非常順暢，他們慇勤地帶著我看老鼠，參觀公司，介紹公司的福利，晚上又請我吃緬因州龍蝦大餐，用盡甜言蜜語想留下我。然而終究因為冷清小鎮的印象，加上付不起我想要的薪水，讓我提不起留下來的意願。

回家時，仍由波士頓轉機飛到華府雷根國家機場，此機場位於華府旁的波多馬克（Potomac）河邊，深秋之後河面常有側風出現，當時又下著大雨，雲層非常厚，飛機試了三次才歪歪扭扭地驚險降落。

我坐在左邊第一排靠窗的位子，旁邊坐了一位看起來非常俐落的白人職業女性，第一次飛機降落前仍若無其事地看著文件，第二次降落前收好所有文件雙手握拳，第三次則是雙手合十，低頭禱告，還好上帝有收到了訊息，讓我們平安降落。

你被開除了

在美國的職場上，許多人都有「被裁員」的經驗，卻很少人有「被開除」的經驗，因為兩者都是被迫離職，雖然結果相同，但是原因和後遺症卻不同。

在非常重視誠信的歐美職場上，被開除是件非常不光采的事，如果被開除過一次，不論是否有足夠的理由，都會成為終身的烙印，未來走到哪，都會被人質問為什麼會被開除。

川普自年輕的時候，就口口聲聲的說全世界對美國不公平，但是身為一個大老闆，卻從來沒有想到對員工是否公平。他在沒選總統前，開過一個電視節目就叫「你被開除了！（You are fired!）」，偶爾會成為老美同事間討論的話題，然而既然電視會播出，表示有不少人在看，我則是一看到就轉台。

二〇一八年底，前國防部長馬提斯宣布將於二〇一九年二月二十八日辭職，川普總統竟然立刻把馬提斯開除，令他馬上走人，完全不給下屬面子。儘管事情未必就是單純的開除，但是許多同事，不論是否是川普的支持者，都覺得未免太絕情不夠厚道，而議論紛紛。

我在美國三十年的職場生涯中，有兩次被裁員的經驗，算是很幸運，卻另有一場搞笑版的被開除經驗。

上世紀八〇年代中期，在雷根政府的大力推動之下，生物科技儼然成為高科技的主流之一。當我拿到微生物碩士之後，就迫不急待地想在美國先找一份工作，於是誤打誤撞地進入這家當時全世界知名的ＢＲＬ，後改名ＬＴＩ的公司。九〇年代這家公司是全世界最先進的基因工程公司，曾經有很長一段時間，是全球唯一能大規模生產基因工程酵素和實驗器材的公司。

座落於馬里蘭州一個非常不起眼的工業區裡，公司離全世界生物與醫學界龍頭的美國國家健康總署（ＮＩＨ）不遠，由於生產的活性酵素產品都有期限，百分之七十以上的產品就直接運進了美國健康總署的眾多實驗室裡。

公司的廠房是兩條並列的長型平房，廠房內將不同的產品或是功能分成幾個區塊，早期研發和生產部門在同一棟廠房，一直到了幾年之後，公司才在五十公里遠的福瑞得瑞克（Fredrick）市，另外建起一座專門作為生產部門的廠房，因為那裡離美國國家癌症研究中心（ＮＣＩ）不遠。

幾乎大部分生產的酵素都是來自基因改造的細菌或細胞，我們平日的工作大都在實驗室裡，實驗室的正中央被隔成一間辦公室，包括小經理在內，一人半張小桌子，八個人擠在一起，工作之時，彼此互相幫忙，工作之餘，也常常說說鬧鬧開開玩笑。

我們這組的年輕小經理馬克是我所見過長得最「漂亮」的男生，高高瘦瘦的個子，永遠穿得整整齊齊乾乾淨淨，瘦長的臉型白裡透紅的皮膚，挺拔微翹的鼻子加上偏薄的嘴唇，講起話來非常斯文，偶爾會用舌頭舔一下上唇，更常一不小心就會靦腆地滿臉泛紅，但是大都一本正經，不常跟我們開玩笑。

我是他被升官成經理之後，第一個被他雇用的員工，後來還幫我辦了綠卡，讓我留在美國。有一天，我從一早進實驗室之後就開始打嗝，吃完午飯後仍然不停地打嗝，到了下午，就有同事拿了一整杯加滿冰塊的冰水給我，還有一個人從餐廳裡弄來了幾包沙糖，說吞一大口糖也可能會好，也有同事說被嚇一大跳就會好。總而言之，我嗝得不舒服，一旁的同事們，大概也被我打嗝的噪音弄得耳朵長繭，於是治療打嗝的祕方偏方紛紛出籠，你一言我一語。

不停地打嗝，令我一整個下午心煩氣燥，好想早一點下班回家，可是經理馬克卻一直賴在辦公室裡不走，除了我的無可救藥打嗝聲之外，其他同事們也都整理好了他們的桌子，呆坐在小辦公室裡，準備下班時間一到就走人。

就在快要下班前，一直沒有吭聲的馬克突然大嘆了一口氣，轉頭對我說：「今天下午我們開會，公司今年的營收不好，決定要裁員，從最新雇用的人裁起。所以請你收拾好自己的東西帶走，明天不用來了。你被開除（fired）了！」然後轉頭，重新把臉埋進電腦螢幕裡。

辦公室裡其他的同事全呆住了，空氣頓時好像全凝結不動，先是大伙都不敢動，好一會兒後，才面面相覷卻不敢吭一聲，而我大腦一片空白，完全不記得當時是否還接著打嗝。

好幾十秒鐘之後，馬克突然自己抱著肚子大笑：「聽你打嗝了一整天，現在好了沒有？」其實當時就算走人，也只能算是裁員，不是開除，只是大家都被開除（fire）這個字嚇了一跳。

被經理嚇一跳之後，還真的不再打嗝了，高高興興回到家，但是還沒到吃晚飯前又開始打嗝，過了一夜之後，莫名其妙地停了。

第二天一大早，經理一進辦公室，劈頭就問我：「還嗝不嗝？」

我回道：「不嗝了，謝謝！」

沒想到他轉頭對大家說：「下次誰打嗝，就立刻開除。」所有的同事一哄而上，假裝一陣子地拳打腳踢，他則邊笑邊抱著頭大叫：「再打就全部開除！」

在所謂高科技產業工作，壓力很大，但是大家年紀相彷，一到週末會約著一起郊遊、爬山或攀岩，甚至有人去學開小飛機。只是其他同事說，馬克自從升上經理之後，就不再參加大家的活動了，而我則不知不覺度過那一段職業生涯中，最快樂又忙碌的六年半。

那六年半的第二年，經由馬克的推薦，ＬＴＩ公司付學費送我進了約翰霍普金斯大學（Johns Hopkins University）攻讀博士，我卻耐不住寂寞，從生物科技轉成電腦科學，雖然要補修相當多的學分，公司居然依舊買帳，於是利用週末和夜間上課，三年半之後拿到電腦碩士，接著轉行進入電腦行業，把生物科技和博士學位從我未來的人生中徹底開除了。

超級美式足球瘋

今年的第五十三屆職業美式足球（Football）超級盃（Super Bowl）總決賽時間，正好是我們的小年夜又是星期日晚上，華人家家聚在一起吃小年夜飯，星期一除夕照常上班上課；然而有更多的美國人也聚在一起，是為了瘋狂地看球賽，累到星期一請病假。

職業美式足球聯盟有三十二支球隊，正規的十七週季賽中，每一支球隊只需出賽十六場，季後賽最多打四場，是所有職業球類中，場次最少的。然而每一場球賽，幾乎都會吸引至少十萬以上的現場觀眾，少說上百萬甚至千萬以上的電視觀眾。而超級盃美式足球總決賽，是美國所有職業球賽中，票價最貴、觀眾最多、賭金最高、廣告最多、也是廣告最貴的一場球賽。

美國人瘋美式足球是從中學就開始，儘管一年的球季只有十多場的賽事，但是每一所高中和大學卻都有一個漂亮的足球場。每年秋季開學後，同學之間最關心的話題，大都離不開美式足球。球隊的靈魂人物四分衛，永遠是美女校花們追逐的對象，許多大學更把豪華球場當成聚寶盆在經營。可以想像，美國人離開學校之後，會忘記美式足球嗎？不會，只會更瘋。

生活在紐約或華府的大城市中，街頭比較感覺不出來超級盃的威力。當年還在西部山城讀書時，大學的足球賽季是從八月底開始，各個大學聯盟內的球隊輪流對戰，逐漸加溫到十二月開始季後賽，排名前幾名的球隊捉對廝殺，聖誕節前後到新年，則是各聯盟冠軍間的排名戰，以各種盃為名的賽事多到令人眼花撩亂。美式職業足球季九月開始，季後賽則從新年打到一月底，到了超級盃總決賽的那個下午到晚上，山城的路上人車稀少，幾乎就變成鬼城。

記得我在美國的第一年，一位女同學邀請大家到她的租屋處一起看超級盃大賽，茶几上小點心堆積如山，雞翅膀、披薩、和啤酒無限供應，還有一個全新非常貴的大電視，難道她中了彩券發了財？賽後，她偷偷告訴我，大電視有十五天的賞味期限，球賽看完再拿回去退就好了。

在那四個多月的球季期間，所有的平面、電視和電子媒體，只要是討論足球，就不怕沒有人看。美式足球與英式足球（Soccer），除了英文不同和球不是圓的之外，另外有一個特點是比賽的分數可能會衝得很高，可以產生很多數據。在比賽前，一大堆的足球專家、體育臺主播、退休的球員、或體育部落客，滔滔不絕分析好幾個小時，他們將每個球員在整個球季或球隊所有相關的數據，來綜合分析雙方輸贏的機率是多少，當然場外賭盤天文數字的賭金也隨著起舞。比賽結束後，勝負已定，同一批人或換另一批足球名嘴，把球賽當天的數據（近年來可用電腦大數據作分析）繼續分析到半夜。

美國人更喜歡搞對抗和競爭，大學足球賽時，一個州內的兩所主要大學、兩個相鄰州的主要大學、甚至陸官與海官軍校間的足球賽都會造成轟動。職業足球聯盟中的每一個隊，也都會製造出一個死對頭，例如每當華府的紅人隊與死對頭德州達拉斯牛仔隊比賽時，華府的許多酒吧擠滿了人，在酒吧裡分成兩邊，儘管華府主場的人多，少數的德州人也不示弱，然後雙方互嗆，甚至大聲叫囂。比賽結束時贏的一方大事慶祝，輸的一方則如喪考妣，好在最後大多會非常有風度地擁抱一下、握個手、或搭著肩，相約下次再見。

一九八九年離開學校，我在華府都會區的馬里蘭州找到第一份工作，名叫ＢＲＬ的公司是一間當年最頂尖的基因工程公司，臨近美國國家健康總署，大部分的員工都是碩博士，仍然有很濃的學校氛圍。足球季期間，同事之間的對話，仍然十之八九離不開足球。口袋比學生時代深一些，每當有重要的足球賽時，經常會相互邀約下了班或週末到附近的酒吧裡一起看球賽，酒吧通常有大螢幕和許多電視掛在各個角落，又推出各式美食和啤酒。而這些足球瘋子大部分是男人，有些家庭主婦不見得對球賽有興趣，只好留在家中當一天甚至一季的足球寡婦。

重要的比賽或季後賽期間，一些年輕的同事就會玩一種叫做足球賭池（Football Pools）的簽賭遊戲。那是在一張紙上劃成十乘十的格子，每個人選格子，每個格子的賭注價值是從一元、兩元……五元，賭注多大都可以。每個格子對應下方和右邊隨機排放零到九的數字，分別對應在第一節、中場、第三節和終場四個比數的個位數。猜中第一、三節各拿百分之十，中場百分之三十，猜中結局者贏剩下的一半賭金，每個地方的玩法可能大同小異，賭注不大，卻可以增加看球賽的張力。

為了與老美有共同的話題，我也每週追賽，要弄清誰是哪一隊的當紅炸子雞，住在馬里蘭州，當然更要將華府紅人隊的賽事和球員的故事弄得一清二楚，如數家珍。好多年，我可以說得一口好足球，往往與大家分析比賽，說得口沫橫飛頭頭是道，但我幾乎從不賭博，也對足球賭池沒有興趣。

一年，嬌小的韓裔女生Kim負責季後賽的一場足球賭池，拿著紙來邀我參加，並對我說：「你從來不參加我們的賭池，今年如果你再不參加，以後就不跟你講話了。」結果不常賭博的人，反而有好賭運，與二〇一九年超級盃的第一節和中場比數都是三比零有一點兒類似，那一場第一節比數三比零，中場十三比十，都是三與零的組合，讓我連中四十元，第三節的比數，差一點是十三比二十，只聽Kim的口中，不斷大聲嚷著，「拜託！拜託！不要再讓九里安贏了。」最後的結果是二十三比三十，讓我只花一元，拿回九十元。這種事的機率非常非常低，讓外表柔弱內心狂放的Kim氣得掀桌子。

一九九五年，我轉到一家大藥廠在馬州只有十來個人的小分公司工作，分公司的櫃檯小姐是一個長得非常可愛的白人小女生。只有高中畢業的她，非常敬業，也努力地想做大家的朋友。早在超級盃賽前的兩個禮拜，就發出邀約到她家去看球賽。明明知道天氣可能不好，如果是老闆的邀約，我們可以說不想去，卻沒有人好意思拒絕每天幫我們送信的小女生。

比賽當天下午果真下起了雪，球賽到了半場之後，又轉成下冰雨，雪上加冰比下雪更恐怖。在這種天氣下，天又黑了，開車回家需要很大的勇氣和運氣，比賽後小女生說：「不用急著回家，晚上可以睡我家啊！」可是當天去的男生多是有婦之夫，哪個敢留在單身女郎家，只能硬著頭皮開車一路滑回家。

今年超級盃大賽的前兩天，妻突然問我：「今年是哪兩隊比賽？」我才驚醒：「不知道欸！」其實不只是這一年，算一算已經將近二十年不再瘋球賽了。但我還是上網惡補了超級盃的比賽過程、結果和幕後故事，隔天上班時，仍然可以和老美們聊上幾句。

星期一，我們辦公室的七個男同事，就有三位乾脆請病假，都是前一晚喝多了。看起來也是滿臉倦容的經理，無奈地搖搖頭，吐了一個字：「瘋！」

踏入甲骨文的第一步

臺灣的高科技行業，大多是在科學園區內的硬體工廠或公司，而軟體公司規模通常相對比較小，不太成氣候。美國的高科技公司則大多是軟體公司，如早年的微軟（Microsoft）和甲骨文（Oracle），近年來的有谷歌（Google）、臉書（Facebook）和亞馬遜（Amazon）等等。這些公司的薪水和福利往往比較好，所以在科技職場上，許多人都夢想進入這些令人欽羨的公司，但是進這些公司之前，總得要先踏出第一步吧！

記得在一九九五到一九九六年之間，我從大型的生物基因工程公司（Life Technologies Inc, LTI）轉到一家規模很小，專門與美國國家癌症中心（National Cancer Institute, NCI）合作的研究型生物製藥公司（TSI，後來被Genzyme Transgenics合併）工作，每天穿著無菌衣在無菌室裡純化癌症疫苗。儘管我已經利用在ＬＴＩ替我付學費的機會，從約翰霍普金斯大學（Johns Hopkins University）拿到了電腦碩士，當時甲骨文還是一家在矽谷附近的小公司，知道的人不多，尤其在美國東岸知道的人更少，我當然沒有聽過。

由於當時美國電腦工作的薪水已經開始三級跳了，我也開始試著轉換跑道，不過當年甲骨文尚未暴紅，我第一次聽到甲骨文的名字，是在一次找電腦工作的面談當中被問到甲骨文，當下看著高薪的份上，冒著冷汗，把以前學過的資料庫知識胡亂吹牛一通，現在也不記得當時是如何吹的，心中只想著，「反正也鐵定上不了，就試一試吧！」

不過，最後臨走前，還是厚著臉皮問了對方：「到底這甲骨文是什麼東西？」

那天回到家後，才趕快打開報紙的求才廣告，以及詢問一些朋友，想辦法知道，到底這「甲骨文」是何方神聖。儘管當年網路尚未開始，谷歌（Google）大神還未出世，我還是很快地就弄清楚了甲骨文的前世今生，並且從朋友借來兩本甲骨文的工具書，修改了我的履歷表，加了兩年的甲骨文經歷……。

努力研究了一個星期之後，經過一位朋友的推薦，又有人打電話來找我面談，於是再度出馬，憑藉著三寸不爛之舌，把我所有在一星期內學到的甲骨文資料，全部一股腦地合盤托出，我認為對方被我唬得一愣一愣的，毫無反駁的機會。

面談完，對方要求我在兩個星期後去上班，一切都來的太突然了，我居然可以脫下穿了十六年的實驗衣，換成穿西裝上班，尤其辦公室距離家非常近，不到六英哩，開車只要十分鐘，而且在一棟新穎辦公大樓的二樓，單獨一間靠窗的辦公室，窗外有一棵大樹，剛好可以擋住午後的陽光，卻不會遮住窗外的美景。這也是我職業生涯中最豪華的辦公室，日後的二十多年，薪水雖然愈來愈高，辦公室卻愈來愈小。

上班的第一天，我才知道當天與我面談的John是一位希臘人，因為我有一些名字也叫John的朋友，如摩門醬、胖子醬……，所以我在他背後稱呼他為「希臘醬」，以免混淆，而他竟然是和我住在同一個社區裡的鄰居。

原來希臘醬和一位印度人合作，剛拿下了這個聯邦政府的小專案，但是他們自己都不懂甲骨文，只好用高薪顧用了隨著專案留下來的一對甲骨文資料庫管理員（ＤＢＡ）夫婦。由於ＤＢＡ夫婦非常跋扈，所以希臘醬在面談的過程中不願意由那兩位ＤＢＡ主導，而親自出馬，卻被我抓到了機會，一陣天花亂墜之後，被我唬住，最後以系統分析師（Systems Analyst）的職位顧用了我，也讓我的年薪離譜地跳昇了將近百分之四十五，是一個標準「事少錢多離家近」的工作，也開啟了我未來十多年辛苦的甲骨文生涯。

我是那家公司的第五位員工，開始上班之後，那兩位難纏的夫婦，當然一下子就看出來我只不過是一隻眼高手低的三腳貓，跟本不把我放在眼裡，甚至懶得和我溝通，有時候他們也不吭一聲，似乎在等著看我的笑話。

那時候，我才懂了這兩位老闆的心意，原來他們想要找一位高手來抗衡那兩位搬不動的石頭。每天，兩位老闆動不動就躲進我的辦公室，和我討論一些技術問題，一開始我跟本無法招架，只能支支吾吾地顧左右而言它，但是依然拍胸脯保證沒有問題，每每讓他們兩位滿心懷疑後散會。

呵呵……，當然我也不是省油的燈！

那是一個美國農業部（USDA）的管理報表專案，當時用的還是裝在微軟視窗（Windows DOS）上的第六版甲骨文（Oracle version 6），在走馬上任之前，我已經找好了靠山，在我的眾多朋友中，已經有兩位甲骨文專家，以及當時太座的工作就是使用微軟視窗，而她的一位同事也是視窗高手，他們都成了我會議後的「及時諮詢委員」。所以每當那不了了之的會議結束後，我立刻關上辦公室的門，打電話向他們求救，往往在不到半個鐘頭，就可以把完整的解決方案送到「希臘醬」的手中。

或許是我自己心裡作祟，我覺得希臘醬總是用那充滿著疑惑的眼神看著我……。

當然，所有荒謬的天時地利人和之外，我也努力地自我進修，經過漫長的兩三個月之後，我就已經完全進入狀況，再也沒有人懷疑我了。

幾個月之後，在那個夏天的一個週末，我在家後院舉行烤肉派對，請了一些鄰居也包括「希臘醬」，聊天之中，他才吐露了一些心聲。原來在我開始工作的第一個星期，他就已經受到合夥

我在甲骨文總部

印度人的壓力，想把我踢掉，但是因為每一次我都可以在很短的時間內解決問題，所以他對我的專業能力堅信不疑，每一次都在印度人前力保我。

一直到今天，他只知道我是約翰霍普金斯大學電腦碩士，但是不知道當時的我，對甲骨文是完全沒有實務經驗，甚至連電腦工作的經驗都沒有。

幾年之後，我在一家科技學院教授「職場行銷」（Career Marketing）的課多年，我自身的這段經驗，也成了最精彩的實務教材。

妳的老公是醫師嗎？

儘管壓力大，但是薪水高福利好，美國甲骨文（Oracle）公司曾經是九〇年代後期，許多科技人最想進去鍍一次金的公司之一，我比一次多了一次進出甲骨文，但是第一次鍍金的經歷和趣事最令我難忘。

一九九九年的春天，我在同一時間申請了甲骨文和《華盛頓郵報》（Washington Post）的工作機會，都是與甲骨文資料庫的應用相關，華郵很快地提供一份條件相當不錯的錄用通知，而甲骨文則如石沉大海，所以我加入了華郵。

華郵在華府的市中心，離白宮只有兩個街區，附近各類博物館、商號和辦公大樓林立，非常熱鬧。每天午餐後，我都拉著一位印度同事一起往不同的方向散步或逛博物館，工作不算太忙，日子卻過得非常充實。

沒想到兩個月之後，甲骨文突然寄來錄用通知，薪水及福利幾乎與華郵一樣，所以我不為所動，決定繼續留在華郵。不過一個月之後，甲骨文竟然又寄來另一個新的錄用通知，薪水加碼百分之十五，外加百分之八的簽約紅利金，於是我告別了三個月悠哉的華郵人生。

成為甲骨文員工的日子，一天比一天更有挑戰性，尤其從隔年開始，我幾乎每一個月都要飛一次舊金山的紅木岸市，就是在矽谷旁的甲骨文全球總部開會，常被來自上層的壓力壓得喘不過氣。

甚至有一次，我們的團隊必須要在舊金山停留兩個星期，接受來自大老闆艾利森的直接挑戰，所以週末也要工作，不能飛回家度週末，老美經理說：「工作重要，家庭生活更重要。」於是公司大方地替我們的配偶和子女買了來回機票，到舊金山度週末。我在星期五傍晚把妻直接從機場接送到一位在舊金山的大學同學家，我則回到公司繼續工作。星期天晚上再把吃喝玩樂兩天後的她，從同學家直接送回機場，根本沒有一點空閒時間可以過家庭生活。

其實我還蠻期待去甲骨文總部出差，總部園區中心有一個不規則半月型的湖，沿著湖旁有六棟主要的綠色圓桶型玻璃帷幕大樓，是資料庫的象徵，非常壯觀又新潮。偶爾不忙的傍晚，在湖邊散步，望著成排高大的白楊樹，倒映在都是綠色的玻璃和湖水中，加上北加州涼爽的好天氣，非常浪漫。另一個原因是離總部不遠就有一個大型的華人超市，當時的華府一帶，還沒有大型的東方超市，所以我有時會多帶一個空的皮箱，順便帶回滿滿的中式雜貨。

在總部與我們一起工作的團隊經理是一位臺灣人，他的手下竟然全是印度人。因為我們每天都忙到很晚才回酒店，所以每天午、晚餐都由一位老印在電腦上網購印度餐，直接送到辦公室裡打發。終於有一天，我們維州的老美經理受不了，對著那位老印發飆：「我原本非常喜歡吃印度菜，但是可不可以不要每餐吃，我已經吃得快發瘋了！」

在我們工作的那棟大樓裡，靠窗的辦公室通常坐的是主管階層，我發現其中有不少是華人，仍以臺灣人居多。去了幾次之後，眼看著原來許多在靠窗辦公室內的主管，一個個被老印取代。被戲稱所謂ＩＣ是Indian Chinese，或ＩＴ是Indian Taiwanese，都是印度人在前面，看來華人危矣……。果真在我最後一次去出差時，我們那位坐在臨窗辦公室的臺灣人經理，被換成天天訂印度餐的那個老印！

最後一次出差之後的一個星期，發生了九一一事件，飛機撞進了紐約世貿大樓和華府的五角大廈，被劫持做為巡弋飛彈的四架客機上，有許多位甲骨文的員工殞命，於是公司修改了政策，立刻建立完善的遠端視訊會議系統，沒有必要就不要出差，結果一直到將近一年之後，我被裁員之前，都沒有再上過飛機。

甲骨文東岸的總部在北維吉尼亞州瑞斯頓（Reston），當時號稱為網路世界的首都（The Internet Capital of The World）。在華府通往杜勒斯（Dulles）國際機場的收費高速公路兩旁，也號稱是東岸矽谷的杜勒斯科技走廊（Dulles Technology Corridor），沿途高科技公司大樓林立，大都是一些與網路或ＩＴ科技相關的公司的企業總部或東岸總部。

儘管那些大樓並沒有相連，但是它們的停車場都連在一起，所以我常常在午餐過後，沿著這些辦公大樓的停車場散步一圈，起初每個停車場都停了滿滿的車，但是九一一事件過後，停車場上的車愈來愈少，因為網路泡沫化（Dot Com Bubble Bust）已經出現，每家公司都在裁員。

那時候的網路不如現在安全，我們每天必須進辦公室工作。而大華府都會區的交通非常繁忙，尖峰時間天天堵車，如果朝九晚五通勤上下班，會非常痛苦，好在由於團隊中一半以上的成員在舊金山，有三個小時的時差，所以我們可以彈性上班，早上十點才出門，但是晚上加班是家常便飯，經常很晚甚至三更半夜才回到家，好幾次熬到天亮才回到家。

一天，每個月會來我們家打掃的南美傭婦，看到我一早才回家，就偷偷地問妻：「為什麼早上才回家，妳的先生是醫師嗎？」

「哈哈……」我乾笑了幾聲後，告訴妻：「真希望是醫師，別看我這麼拚命，其實，由大環境看來，我現在只是一個困獸猶鬥的甲骨文勇士而已。」果不其然，沒多久後的一天一大早，經理把我叫進他的辦公室，關上門，說：「對不起，我們已經撐不下去，必須要裁掉團隊中最高薪的兩位成員。」老美很會說話，要把人趕走，還先捧一下。

「我不會派警衛看著，只要請你把自己的東西帶走，中午以前離開就行了。」不像許多其它矽谷的高科技公司，把被裁的員工當成犯人一般，當場由警衛用槍押出辦公室，算是給我保留了面子。聽說沒多久之後，整個企劃案的美東團隊被裁得只剩下三個人，所有的實質工作全外包到印度去了。

被誤認為醫師，也可以算是一種恭維，能夠在美國的科技大廠工作，表面上令人羨慕，但嘔心瀝血的兩年多，歷經只有當事人才知道箇中辛苦，不知道要少活幾年，最後還是落得捲鋪蓋回家。鍍金後被裁的第二天，就找到薪資稍低的新工作。

兩年之後，美國經濟開始回暖，我再度回到甲骨文，加了近六成的薪水，展開另一段完全不同且更辛苦的八年鍍金抗戰。

皮奧瑞亞的美國孝子

星期五下午快五點了，經理打電話來：「你現在馬上訂飛機票，下個星期一上午七點，到伊利諾州（Illinois）皮奧瑞亞（Peoria）的Caterpillar公司報到。」

「What city?」我再問一次：「Peoria?」

「沒聽過這地方！去做什麼呢？」

經理也說不清楚，只知道對方十萬火急。我在谷歌（Google）地圖上查了一下才知道，皮市大概位於芝加哥與伊州首府春田市（Springfield）之間，但離春田市比較近，而且聯合航空公司也有從華府直飛春田市的班機，所以我選擇搭飛機直飛春田市，再租車。

沿著一望無際的田野，開了一小時來到皮市。

在路程中不斷連繫，我才大概知道了此行的目的。

Caterpillar（毛毛蟲，或簡稱ＣＡＴ）是全世界最大的重機械製造公司，總公司就在皮奧瑞亞市中心，工廠則在東皮奧瑞亞（East Peoria）市。許多住在此城的人，直接間接都離不開此公司。

原來在五個星期前，毛毛蟲公司一位重要的資料中心成員離職，他的工作在沒有找到新手取代前，由其他IT成員分工代班，然而很多時候，經驗是難以取代的，兩星期前的一個週末，一個重要的資料庫罷工當機，引發連鎖反應，整個公司在接下來的三天不能完整運作，損失慘重。

爾後，又經過了一個多星期的陣痛之後，該公司的CEO痛定思痛，直接找到甲骨文（Oracle）公司的執行總監，「送一個會做事，也會吹牛的人來，好好教一教這一群拿高薪（相對於其他部門的員工，資訊部門通常比較高薪）的傢伙們。」以上的一些故事細節，是甲骨文的業務經理事後告訴我的。

星期一上午，我一大早七點，就進了毛毛蟲公司，首先感覺空氣中瀰漫著一股怪怪的氣氛，兩天之後才知道，當時大家都冷眼看著，「要給我們上課呢！怎麼來了個老中？」

一陣寒暄之後，他們的經理開始給我作簡報，此時的我背脊開始發麻，一路麻到頭皮，心中只想著如何收場，活著回家。週末回到家才發現，又多了許多白頭髮。

接著，我們訂下了今後四天半如何打發的行事曆，先以一天的時間審查所有該事件相關的記錄及標準作業程序（SOP），再決定今後三天半上課的內容。

雖然有滿桌堆積如山的文件，但是作簡報的經理是一位非常鎮靜有禮的男性白人，已經很清楚的指出問題所在，所以很快地未來三天半的工作方向確定了，我的心情也平靜了許多。

下午四點前，他們就放我回旅館。我來此之前毫無頭緒，除了帶來一臺筆電外，兩手空空，所以回旅館第一件事，就是發了一封求救電郵給甲骨文顧問群內部所有的同事，是否有任何人有類似的經驗或教材。第二件事便是好好找一家餐廳，美國非常有名的海鮮連鎖餐廳紅龍蝦（Red Lobster），大吃一頓喝一杯酒，紓解一下心情。

飽餐一頓後回到旅館，就發現已經有幾封回信，其中一封附了一份完整的教材，由發信的姓氏來看，應該也是位老中，馬上打電話連繫，果真是一位ＡＢＣ（American Born Chinese），我們確定了所有教材內容都可行，也足夠混個三到四天。

那整個星期，我每天下午四點，就照例下課下班，吃大餐，六點回旅館，開始花六小時惡補隔天的教材到十二點多，才安心上床。連續四天，天天如此。

星期二上午，進了毛毛蟲公司後，再花一些時間，收集整理好所有事故相關的文件。中午，在他們的帶領下，來到皮市的市中心，市中心有幾條街道被劃為行人徒步區，路邊有許多領有執照的各式小吃攤販，每攤前都大排長龍，我隨便找了一攤，買好了午餐，跟大伙一起就坐在路邊吃，此後三天的午餐都在攤販打發。

有一事不解，在市中心看到許多穿著白色和藍色袍子的醫務人員，一問之下，原來這麼一座小城，竟然有三家大型醫學中心，和兩家區域醫院，也沒有人知道為什麼！

午餐後，就被他們帶入毛毛蟲公司的訓練中心，超級豪華設備的電腦教室，也被告知，等一會兒會有兩位高階主管來旁聽。我事前已經把教材交給了這位白人經理，而且所有實際的動手操作示範，全由他操刀，我只負責動口。

眼見臺下其他十個人，清一色男性白人，而後進來所謂的總監及高階經理竟是一位男性印度人和一位女性白人，反正他們也聽不懂，坐了半個多鐘頭，兩人就走了。

專心做事的時間過得很快，而且平安地過去了，其實要特別感謝這位經理，由於他非常熟悉自己公司的系統，只見我在講臺上照著教材講得口沫橫飛，但是不論我如何講，他都可以很快的在他的系統中變出來。

如此經過了兩天半的交流，那些白人的驕傲，已經多被擺平了。星期三的午餐時，所有的人，都很明顯地變得非常友善。

星期四中午的午餐後，大夥就拉著我去逛該公司的展示中心，我還借用了其中一人的員工優待卡買了一件繡有ＣＡＴ商標的休閒服。

很快來到了星期五上午，我刻意穿了昨天才買的休閒服來上課，才十一點，該經理已經將所有該作的練習都有驚無險地完成，教室內的氣氛也變得非常輕鬆，大伙就開始天南地北的聊天。

原來這位經理老兄，生於斯，長於斯，大學畢業後，到紐約待了二十多年。兩年前，因為父母年紀大了，便放棄了紐約高薪的工作，回到家鄉，儘管同樣是所謂的高薪，Peoria的高薪就比紐約的高薪少多了，但是可以回到家鄉就近照顧年邁多病的父母，打破了我們常以為西方人不孝順父母的迷思。

同是天涯淪落人——春田市

星期五中午一點不到就離開了皮奧瑞亞市（Peoria），開車往南一個多小時再度來到春田市（Springfield），發現原定下午五點的飛機延到七點，只好開車到附近走走。因為春天的名字好聽，美國許多州都有一個以春田為名的城市，而這個春田市是伊利諾州（Illinois）的首府。

二〇〇七年二月十日，第一位黑人總統歐巴馬在春田市的伊州州議會宣布參選總統。春田市更是美國前總統林肯（Abraham Lincoln）青年以後的故鄉，他在廿八歲搬到此城，從事律師，到了一八六一年五十二 當選總統才離開春田。一直到一八六五年在華府（Washington D.C.）被暗殺後，才又歸葬在此城，所以此城有著與林肯千絲萬縷的故事。

林肯出生地在肯德基州的一個偏僻山溝裡，多年前我們曾造訪過，很難相信，十九世紀初，美國農民拓荒者的居住條件，全家人擠在一間小小的破木屋裡，吃喝拉撒睡全在一起。

我先到州議會、林肯總統圖書館及博物館四周轉了一圈，我沒有進去，就算來過了。再到林肯年輕時代的故居，典型的十九世紀美國城鎮的兩層房屋，舒服溫馨，現在已是國家歷史古蹟，此故居和當年在肯德基出生地的故居相比，簡直就是豪宅。

離開了故居，驅車到林肯在市郊橡樹嶺的墓園（Oak Ridge Cemetery），據說這墓園是全美訪客第二多的墓園，僅次於維吉尼亞州（近華府）的阿靈頓國家公墓（Arlington National Cemetery）。

此墓園離機場不遠，園內樹木蓊鬱，相當幽靜，尤其此時不是夏天，遊人甚少，在一塊開闊的坡地上，一根高高的美國國旗後，高達四十公尺的花崗岩紀念碑，碑上及前面各有一個林肯銅像，碑前是鼻子發亮的林肯頭像，因為據說摸了林肯的鼻子會有好運。進了大門大廳中央，就是林肯坐像，與華府林肯紀念堂內的坐像完全一樣，只是石材及顏色不同，林肯墓就在坐像後墓道的盡頭，莊嚴肅穆的紫紅色大理石石棺。兩側排列著他所生活過的各州州旗，石棺背後的牆上刻有當年他的國防部長史坦頓（Edwin M. Stanton）所說的一句名言，「現在，他屬於歷史了（Now he belongs to the ages）。」離開墓園時，看了看錶，時間不多了，就直接回去機場。

回到機場，把租車還了，走進空蕩蕩的機場大廳，因為是小機場，飛機班次不多，所以沒什麼人。還有些時間，我就找了個靠牆有電源插座的大桌子前坐下，打開筆電上網，打發一點時間。

沒多久，有兩位和我裝束類似，穿戴整齊的年輕人，很客氣的問我：「可以一起共用這張大桌子嗎？

「當然可以。」

他們也把各自的筆電打開上網，大家開始聊了起來。原來他們由北卡來此出差，由此搭機經華府轉機回家，經過誤點折騰，晚上可能回不了家了。這兩人，一人操著北方洋基口音，另一人則是很重的南方口音，兩人一搭一唱，聽起來超不搭調卻好可愛。當我們三個人正在嘻嘻哈哈瞎掰得正高興時，又來了一位長得清秀端莊的中年白人女性，穿著規規矩矩的洋裝，應該也是業務代表，要求加入我們，就這樣我們四個同是天涯淪落人一直聊到上飛機。

因為是三排座的小飛機，上了飛機之後，他們三位看到我坐的是第一個座位，就一起鬧著說：「這可是頭等艙（First Class）吔！」事實上，小飛機連商務艙都沒有。

飛機起飛之後我就睡著了，到了華府才醒來，我當然第一個下飛機，而且歸心似箭，一直衝到了計程車上，才猛然想起，竟忘了和那三位天涯淪落人道別。

在美國，大多人在人行道或是走道上見到對面走來的人，甚至在電梯中遇到的陌生人，都會友善笑著打聲招乎，（可能在紐約等的大都市例外），說聲，「Hi, How are you doing?」等等。早些年，我回臺灣時，在路上、電梯裡，和陌生人作個笑臉，大多時候會得到白眼相待，他們可能心中想著，「怎麼碰到個神經病。」最近幾年，好像被白眼的機會少了一些，也可能是因為我自己不再那麼白目了。

納許維爾市的奇緣

納許維爾市（Nashville）是美國田那西州（Tennessee）的首府，也是美國鄉村流行音樂（Country Music）的故鄉，鄉村流行音樂名人堂博物館的所在地，有名的 Grand Ole Opry 鄉村流行音樂表演廳就在納許維爾市，能在此演出是所有鄉村歌手夢想成真的榮耀，當年的貓王就曾在這裡發跡。

納城的市中心有許多新穎的大樓，還有許多所謂的鄉村音樂小酒吧（Honky Tonks），尤其是在下百老匯大街（Lower Broadway），有別於紐約市的上百老匯。一間連一間的鄉村音樂酒吧，提供了舞臺給無數有鄉村音樂夢的追夢者，也造就了納許維爾的名氣。傍晚，在夜幕尚未低垂時，就可以見到一輛輛大型觀光巴士，開進下百老匯大街盡頭的河邊停車場，放出一群群外地來朝聖的遊客。

我在一九八九年冬天來過此城，還成就了一樁大學同窗三人死黨之一的姻緣。當年聖誕節的前幾天，我們三人其中一位已婚，夫婦倆現在都是美國大學教授，夫人是我們小一屆的學妹，四人連夜開車十多個小時南下，拜訪在納許維爾范德堡大學（Vanderbilt University）唸書的女生，也是小一屆的學妹，她即將獲得博士學位，正為了回臺灣或留在美國做決擇而煩惱，她現在已是一家跨國大藥廠的資深副執行長。到了納城已經是早上六點，車外的氣溫是華氏十度以下，相當攝氏零下十二度左右，比冰箱冷凍庫的溫度還要冷許多。

當天晚上學妹請我們去 Grand Ole Opry 聽鄉村歌曲演唱會，開唱前半個多鐘頭，大廳居然還不開門，零下十多度，許多穿著禮服的女士們在門外排隊，都快凍成冰棒了，很多人瘋狂地用高跟鞋跟敲大廳玻璃門，差點造成暴動。

我們有非常好的位子，在樓上第一排，不過因為經過一天一夜長途開車，和室外受凍，加上旋律類似的鄉村音樂催眠下，我們四個人在整場音樂會中，大多時間都睡的東倒西歪還打呼，音樂會結束後學妹很傷心地說：「早知道，就不花那麼多錢請你們來睡覺。」

的確，票價對當時還是學生的她，真的很貴，但是來到此地能不去 Grand Ole Opry 嗎？還好，後來姻緣有成，這些錢沒有丟到水裡。然而，事情成功的原因是，我們這位惜話如金的同學回到紐約之後，每一個週末都專程飛一趟納城，殷勤追求，如果沒記錯的話，好像半年內，他們就成婚了。如今他們的大女兒已經從芝加哥大學畢業，也進了范德堡大學醫學院。

二〇〇六年再度來到納城停留兩星期，這次是甲骨文的工作出差，客戶是田納西州政府教育局，就在城中心最醜陋的一棟水泥大樓。和我一塊兒工作的政府代表是一位中年女性白人，帶有一口濃濃的南方口音，一開口就讓我連想起傳奇的性感鄉村女歌手桃莉芭頓（Dolly Parton），雖然長的一點都不像。

我在星期天的下午就來到位在市中心離下百老匯兩條街的旅館。雖然也有許多耐聽的經典老鄉村歌曲在我的目錄中，但是我對時下流行的鄉村歌曲並沒有太多的眷戀，我不太能接受更多以類似哭調又內容相近的新歌。我的美國朋友中，對鄉村歌曲的好惡也非常兩極，不是非常喜歡，就是非常痛恨。晚餐後，我轉了幾家小酒吧，灌了兩瓶啤酒，聽來聽去，無非都是，「我愛上你，你卻愛上別人。」曲調也大同小異，很快就煩了，於是早早回旅館，準備明天的工作。

半夜兩點多，突然被隔壁房間的吵雜聲所吵醒，又鬧又叫又敲桌踢床，可能是他們才從酒吧喝醉了回來，吵了一個多鐘頭才安靜下來。儘管我氣得七竅生煙，可是又能如何呢？

隔天，我就利用中午時間，寫了一則長長的抱怨電郵寄給旅館的經理，傍晚回到旅館，櫃檯將我的房間換到了ＶＩＰ房，房間至少大兩倍，窗外有很好的視野，而且在轉角不會被隔壁房間干擾。

那個星期一的晚上，王建民在職棒大聯盟出賽，代表紐約洋基對紐約大都會隊的比賽，號稱地鐵大戰，全美都有電視轉播，不擅長三振打者的他，卻在那場球賽中三振了對手十次之多，應該是王建民棒球生涯重要的代表作之一。

由於在城中心，旅館四周就有許多各式各樣的餐廳，其中竟然有許多家日本餐廳，但是試了三家都是韓國人開的店。星期三晚上，我沿著下百老滙大街轉到第二街，又看到一家日本餐廳Ichiban，心想再試一次，於是進去問問，主廚果真是兩位日本師傅，而煮拉麵、喬麥麵的師傅是一位臺灣人。

原來日產汽車（Nissan，USA）美國總部就在納城附近，難怪有道地的日本料理餐廳。從此以後，我天天報到，就坐在吧檯前，每天由日本師傅幫我配餐佐以清酒，那些天的晚餐可是我在美國吃過最道地的日本料理了。一天日本師傅給我配了鰻魚飯，還特別告訴我：「這可是臺灣鰻魚呢！」

儘管我對鄉村音樂並不著迷，但納許維爾是一個迷人的美麗城市，我的足跡也為我寫下一頁溫馨的回憶。

熊的傳人也怕怕

熊的足跡遍布北半球，幾乎每個北半球的遠古民族，包括臺灣的原住民，敬畏熊的強大，都流傳著許多有關熊的傳說。在希臘傳說中，宙斯的妻子將卡利斯托變成了一隻熊，又把牠送到夜空中，成了大熊星座。奇怪的是，大熊星座也被美洲原住民和希伯來人視為天上的熊。

中國上古「山海經」的「海內經」記載：「黃帝生駱明，駱明生白馬，白馬是為鯀。」傳說鯀死後化為熊，禹為鯀之子，禹治水開山時也曾化為熊，黃帝的部族也號稱「有熊氏」，可見華夏民族號稱「龍的傳人」，其實應該是「熊」的傳人。然而「魚與熊掌」的傳聞，讓每個中國人都想嚐嚐熊掌的滋味，使得在中國很難再看到野生的熊。

今天，北美洲可能還有全世界數量最多的熊，有北極熊、棕熊和黑熊，而黑熊最常見，它曾經遍布北美洲大陸，儘管身軀龐大、四肢粗壯有力、看似笨拙而可愛，但是如果在野外被黑熊看上，不必逃跑，因為人絕對跑不過熊。儘管如今美國很多地方過度開發，使得熊的棲息地大量減少，仍然有不少的山區是黑熊的天堂。

一九八八年夏天，我與朋友們來到位於蒙大拿州（Montana）西利湖邊的木屋別墅度假。蒙州北鄰加拿大，有全美最多的原始森林和自然保留區，西利湖南北狹長，位於一條南北走向的壯闊山谷中，湖邊有一道高聳入雲的山脈，被當地人稱為「中國長城」，也是洛磯山脈的一支。湖的對岸有一大片原始國家森林，在我到達後的第一個傍晚，一個人划著獨木舟，沿著對岸划時，還真的看到有黑熊在湖邊的林間散步。

那裡緯度高，夏天晝長夜短，早上不到五點天就亮了，我們到木屋附近的林邊野地採野藍莓，每個人手上都折了一根樹枝，邊走邊敲打兩旁的樹叢，並大聲講話。他們說：「因為藍莓也是熊最喜愛的食物之一，人的噪音可以嚇走附近吃早餐的野熊。」事實上，我們還帶著一把手槍，以備不時之需。採了足夠的藍莓，回到木屋，享用淋了楓漿奶油的新鮮藍莓煎鬆餅作早餐。

儘管在野外的熊通常會躲著人類，黑熊也很少主動攻擊人類，不過一旦有機會嚐過人類的食物之後，往往會徘徊在離城鎮不遠的地方，伺機在人類的垃圾桶裡尋找食物。

二〇一〇年，我被甲骨文（Oracle）公司派到蒙大拿州立大學出差兩個星期，大學位於黃石公園北邊約一小時車程的大學城波茲曼（Bozeman）市。沒多久前，大學的資訊室買了一套全新的甲骨文伺服器和資料庫系統，安裝後出了問題，一直擺不平，所以甲骨文便派我老遠從美東飛去幫他們解決。

忙了幾天之後，大學的資訊室主任與我熟了，熱情地邀請我週六中午到他家吃烤肉。原來他五年前才從紐約搬到蒙州，仍然帶有一點都市人的氣習。在資訊界服務，走在時代尖端的科技人，我原本猜想他應該喜歡住在比較方便的現代化都市裡才對，可是他竟然接受砍掉三分之一的薪水，住在蒙大拿的荒郊野外。

波茲曼市位於洛磯山脈中的一個谷地，主任的家就在谷地外遠遠的深山老林中，我循著他手畫的地圖前進，在一條地圖上找不到的土路上，沿著山邊，蜿蜒地開了好久，最後爬上一個大坡，終於在路的盡頭，看到一棟三面圓木、一面落地大玻璃的大木屋。木屋座落在半山腰上，面對著非常開闊的山谷，群山環列，覆蓋著蒼翠挺拔、鬱鬱蔥蔥的原始森林，極目四望渺無人煙。後來才知道，路旁的電線杆，竟然是為了他一家房子而特別拉的。

主任在準備烤肉的東西時，他的太太則驕傲地帶著我參觀這前一年夏天才建好的大木屋，內部除了洗澡間和廁所之外，幾乎沒有其他的隔間，木屋後半邊的開放閣樓就是臥室，從閣樓可以直接看到一樓客廳，透過大玻璃還可以看到前院的陽臺和外面的風景。

北國夏日的午後，氣溫雖然有一點兒高，卻乾爽舒適。我們坐在陽臺上看起來很新卻有一點缺角的野餐桌旁聊天，大口吃著烤肉配啤酒。

主任開始說起為何餐桌缺角的故事……

搬進來後，他們享受著與在紐約完全不同的生活，望著青山綠水，伴著蟲鳴鳥叫，天天早睡早起，也可以天天烤肉野餐。

去年初秋，九月中的傍晚，就下了第一場小雪，夜裡萬籟俱寂，屋外漆黑得伸手不見五指。一如往常很早就睡了，到了半夜，他們被前院的一點點雜音吵醒，主任躡手躡腳地下閣樓查看，太太則撂了一把來福槍，坐在樓梯口，槍口朝外，伸手開燈。

當屋外的燈被打開時，屋外站著一隻想趕在冬眠前進補的大黑熊，張著大嘴、一雙肥厚的熊掌和銳利的爪子就趴在落地玻璃上，睜著銅鈴般的大眼向屋裡窺探。同時，主任則在屋內幾乎與大熊手對手、口對口、面對面，隔著玻璃從屋裡向外望，然後雙方同時嚇得向後跳開，主任一屁股坐到沙發上，再連滾帶爬地躲到沙發後面，大黑熊則是壓壞了幾張桌椅後，轉身飛快地逃得無影無蹤。

看來他們的大木屋別墅，才經過一個暑假就已經被黑熊們盯上了。

那一趟出差，只花了兩個星期，就把學校折騰好久的電腦系統問題全解決了，主任非常高興，我臨走前，他一再邀我：「你真是太棒了，而且看來你也頗愛大自然，如果將來想搬來這裡，我一定開一個職位給你，歡迎你加入我們的行列。」

我只能陪著笑臉說：「好啊！」心想，「砍掉三分之一的薪水，雖然不怕會餓死，即使風景優美，來到這個九月就下雪的地方，卻可能被熊嚇死，也可能會寂寞…寂寞…而死！」

蒙大拿雖然偏遠，但是風景壯麗，現代化的生活機能也非常先進。住在那裡的人大多酷愛大自然，與熊為鄰不以為意，而我這堂堂熊的傳人在洋邦大城裡討生活太久，早已退化到不敢回深山老林中當熊的鄰人。

大人們吵架　公務員放假

那天和往常一樣，一大早六點鬧鐘響起，正想起床，卻突然想到，「太好了，今天不用上班」，我翻了個身繼續睡，一直睡到八點才爬起來。

回想一下，自從在美國念完學位，有了工作之後，除了度假的時間之外，過了三十年規律的生活，為了要上班，每天早睡早起，只有週末，才可以睡一個懶覺，真希望可以天天睡到自然醒。

沒想到聯邦政府這一個多月的強迫休假，真的可以天天睡到自然醒，多年的好習慣被打破了。剛開始還有一點兒害怕，怕養成了壞習慣，將來開始工作之後怎麼辦？更害怕多吃少動會養胖，然而想歸想，每天依舊設了鬧鐘，卻仍然天天早上按掉鬧鐘繼續睡到自然醒。

自從多年前在聯邦政府找到工作之後，每年到了十月，就常有「聯邦政府可能會停擺」的傳聞，每個政府單位還會一本正經地內部演練，如果真的停擺要如何應付，好在雖然發生過幾次，但是大多時候還是「假警報」。

二〇一八年十二月中旬，眼看著就快要過耶誕節了，華府的天氣仍然暖和得像春天，號稱全世界權力中心的白宮與國會之間的關係卻愈來愈冷。

儘管歹戲拖棚的聯邦關門事件，原因錯綜複雜，很難三言兩語說清楚，但是喜歡在夜裡用推特自言自語的川普，最怕被他的死忠粉絲刺激，原本在推特上已經說準備好要簽署包含參眾兩院都同意的一個短期預算方案，但是在簽署的前一天晚上，被福克斯電視臺的幾位政論節目的名嘴們罵了幾句，深怕得罪基本盤的川普，第二天一大早就在推特上反悔了，而另一方即將就任的眾議院新任女議長波洛西，在眾院民主黨占優勢下，聲量愈來愈高，也愈來愈硬，不肯妥協，果真還沒到耶誕節的十二月二十二日，聯邦政府就停擺了。

那天一大早，我問妻：「如果聯邦政府要關門幾個月，我們的儲蓄可以撐多久？」

妻有一點驚訝的反問：「以前不都是很快就結束，為什麼你認為這一次會停那麼久？」

「從川普不達目的決不罷休的個性，而且還頗為自豪地宣稱他很樂意承擔政府停擺的責任，我看事情可能不會很快解決。」我說：「更何況剛在眾議院拿下多數黨地位的民主黨新議長，也不是好惹的，她決不會輕易放行。」

與其說剛開始有些兒擔心或害怕，還不如說有一點兒期望，因為到目前為止，過去所有聯邦關門強迫休假，事後都會補發公務員薪水。果真參眾兩院在一月十六日就通過法案，會在政府開門之後，補發所有的薪水，川普也很快簽名同意了。所以公務員其實是被強迫休「有薪假」，朋友們都以羨慕的眼光，酸酸地說，「好好命喔！」或在臉書上挖苦，「多好喔！不用工作，還有錢拿。」

然而美國政府給公務員的強迫放假，有一個特別的規定，就是放這種假的期間，沒有理由是不准隨便外出旅遊，一定要在家裡待命，因為如有急務仍然要隨傳隨到，而且，如果總統和國會達成了協議，第二天所有的公務員就要立刻報到上班。

剛放假的頭幾天，因為還在新年假期，而且聽說華府眾多的史密斯博物館，都還有剩餘的經費，可以再多撐一個星期才關門，我們住在華府郊區，難得趕在耶誕後兩天的星期四，進城參觀國會山莊旁的印第安人博物館，一直待到天黑，再觀賞國會山莊前五彩繽紛的耶誕樹夜景，可能是因為不少人都跟我的想法一樣，雖然稱不上人山人海，國會山莊前，卻意外地人影幢幢非常熱鬧。

我的兩位老友，一位已退休多年，另一位也是公務員，只要政府關門，我們就透過臉書約出去吃頓午餐，後來竟變成我們之間不成文的約定。二〇一八年一月底，原本就約好在強迫休假的第二天，一起吃午餐，結果因為聯邦只關了一天，那餐飯變成沒有兌現的約會支票（Rain Check）。這一次，反而不急，新年過了，我們才相約兌現支票，到一家頗受年輕人歡迎的速食漢堡店，三個老男人邊吃邊從美國總統罵到美國的兩黨，再從美國政治談論到臺灣的政治，雖然三個人的想法不盡相同，倒也不亦樂乎，餐後相約下次聯邦關門時再見。

看到那位退休的老哥哥仍然過得生龍活虎，雖然我還沒到退休年齡，但是我想利用這一次機會，體驗退休後的生活會是什麼樣子。從前聽說過不少日本女人，恨透了退休後的老公，天天「呆」在家，無所是事，只會指使老婆做這做那，憤而要求離婚。老妻平日與我大致相敬如賓相安無事，這麼一個長假，每天我大門不出二門不邁，乖乖躲在書房裡讀書寫字，不知道會不會擦出什麼火花或衝突。

第一個星期，龔則韞學姊傳來一則私訊，「你可以利用時間多寫文章，多好！」，於是我快馬加鞭地完成三篇稿子。接下來，每天都因為晚睡晚起，生活開始亂了套，常常忘記當天是星期幾。更慘的是，不用上班也就不用大腦，腦袋好像被水泥糊了，思路全堵了，常常坐在書桌前，半天寫不出幾個字，只勉強又擠出兩篇部落格旅遊文章。

一月份是一年中最冷的日子，屋外不是下雪就是零下好幾度，很難出門散步，在家裡搖筆桿之餘，只能繞著客廳、廚房、餐廳、書房和地下室快走，用iPhone手機記錄，每天至少走一萬步，一個月過去了，體重還不致於爆表。所幸我和妻每天大眼瞪小眼，仍然和樂融融，至少我認為家中的氣氛尚稱平靜，看樣子可以過退休的日子了。

這一次的所謂聯邦關門，其實只有四分之一，約八十萬公務員暫時拿不到薪水，可是會牽連到相當數量的合約工（Contractors），他們完全沒有薪水，而且根據報載，百分之六十的美國人沒有儲蓄的習慣，有更多的中小企業，無法獲得政府的短期融資而可能倒閉。所以這場聯邦關門的鬧劇若是再拖下去，搞不好會有不少人撐不下去，要出人命，所以包括華府在內的周邊地方政府，紛紛開放提供遊民食物的場所，只要能拿出公務員證件的人，都可以去免費吃一頓，但是堂堂公務員們曾幾何時受過這種侮辱，也不禁懷疑這是不是苦肉計。

到了一月二十一日，福克斯電視臺主播居然與副總統在訪談中當面槓上，主播指控總統以聯邦公務員為人質作要脅，而不顧他們的死活。我轉頭告訴妻：「這下子連鐵桿兒粉絲也反了，看來快要回去上班了。」

果真川普隔天馬上提出新的妥協方案，以為事情可以很快解決，可是民主黨吃了秤砣鐵了心，還是無動於衷，雙方的關係好像又走進死胡同。好在川普只撐了一天又軟化了，二十四日突然宣布聯邦政府重新開門，讓雙方可以繼續談判，雖然只暫時開到二月十五日，但至少讓這些倒霉的公務員可以鬆一口氣。其實與其說公務員倒霉，不如說是賺到了三十五天全民買單的有薪假。

大人們吵架，我們只好放假，已經被迫在家「休」而不「退」地混了一個多月了，幾乎一事無成，所以看來我將來也不能太早退休。不過，幸好聯邦及時開門，否則如果薪水繼續被凍結，我也有借口到白宮和國會前面去參加示威抗議，順便運動運動。

▍入夜後，國會前面仍然人影幢幢

世界周刊 2019 2.24 20

社會傳真

▸九里安西王

大人們吵架　公務員放假

那天和往常一樣，一大早6點鬧鐘響起，正想起床，卻突然想到，「太好了，今天不用上班」，我翻了個身繼續睡，一直睡到8點，才爬起來。

回想一下，自從在美國念完學位，有了工作之後，除了度假的時間之外，過了20多年規律的生活，為了要上班，每天早睡早起，因為只有周末，才偶爾可以睡一個懶覺，真希望可以天天睡到自然醒。

沒想到聯邦政府這一個多月的強迫休假，真的可以天天睡到自然醒，多年的好習慣被打破了。剛開始還有一點兒害怕，怕養成了壞習慣，將來開始工作之後怎麼辦？更害怕多吃少動會發胖，然而想歸想，每天撥了鬧鐘，卻仍然天天早上按掉鬧鐘繼續睡到自然醒。

其實自從多年前在聯邦政府找到工作之後，每年到了10月，就開始常有「聯邦政府可能會停擺」的傳聞，每個政府單位還會一本正經地內部演練，如果真的停擺要如何應付，好在雖然發生過幾次，但是大多時候還是「假警報」，不過去年到了12月中，眼看著就快要過耶誕

聯邦政府關閉初期，還有心情到國會欣賞夜景。

（圖為作者提供）

▍聯邦政府關閉初期，還有心情到國會欣賞風景

人物速寫

作家韓秀上菜

第一次知道韓秀會作菜，是在二〇一六年四月那一次她的〈掙扎奮進一百五十六天，我如何寫林布蘭特〉演講會之後的聚餐桌上，看著她乾淨俐落地點了一桌子的好菜，猜想她一定也是一位美食家。席間她又提到，當年在希臘，只帶著一個助手，在家中要招待數十位客人，從晚上九點吃到凌晨兩點，身為外交官夫人的她，還可以從容優雅地穿梭在賓客之間，那絕非一般美食家的功夫可以辦到的。

二〇一五年初，在華府作協的「寫作工坊」中，上了韓秀開的最後一堂寫作課，她兼有東方人秀氣的白人臉龐，與東方人比較少有的高大身材，但是一開口，我就被她標準的京片子嚇了一跳，她的外表讓我忘了她是在北京長大的。那也是我第一次見到她本人，所以名正言順地稱呼她為韓老師，也順便與她拉近了一點距離。

與韓秀的文章結緣是在同一年，如果沒算錯，那應該是她出版的第四十一本書《林布蘭特》之後，在華府作協的年會上，會長龔則韞也是我的輔大學姊，直接點名請她演講，而她也在事前不知情的情況下，當場爽快地點頭答應。

演講會當天，華府作協的文書臨時有事，拜託我替她撰寫演講新聞稿。我也沒有考慮一下，不知天高地厚地一口答應。會後，我花了一大半的時間，精疲力竭地寫下四千多字的長篇報導，反覆地校對之後，大約在半夜十一點半左右，將稿子以電郵寄給韓老師。沒想到第二天早上睜開眼睛，打開我的電郵信箱的時候，韓老師竟然已經將修改好的新聞稿寄回給我了。

看著韓老師修改過的文章，密密麻麻的紅字，讓我看到了一位成名作家遣詞用字的精準，以及寫作的勤奮，那是一次強烈的震撼。後來我將那篇文章刪減成四百多字和一千五百字左右的兩篇新聞稿，分別寄給《世界日報》與《華府新聞日報》，全文則是登在《達拉斯新聞報》副刊，和驕傲地放在我自己的部落格裡。

二〇一七年的九月中，經由韓秀牽線，臺灣中生代名作家吳鈞堯先生，在底特律的女作家若琳、紐約《世界日報》和華府作家協會的合作之下，美東之行的最後一站來到華府，在華府停留四天，因為我與鈞堯有半個金門同鄉之誼，所以前三天安排住在我家，而韓秀特別邀請吳鈞堯和華府作協會長外號金大俠的金慶松，在離開華府的前一天晚上，到她家作客，以她最拿手的地中海晚宴招待，而我，真的是厚著臉皮要求作陪，獲得首肯。

韓秀住在北維吉尼亞州的一個叫作維也納的老鎮，一個深埋在都會區森林裡的花園小洋房社區，其實離我在馬里蘭州的家直線距離不遠，但是中間隔著只有一座橋的波多馬克河，在傍晚的下班時間，交通很難預料。那天下午，我帶了一瓶法國波爾多的紅酒赴宴，比預計車程提早半個鐘頭出門。為了避開擁擠的高速公路，我選擇了GPS提供的路徑，除了兩地之間唯一的大橋外，在彎彎曲曲的森林小徑中，鑽了好一陣子，甚至小路上，也被車陣堵了好久，總算在比約好的五點半早了五分鐘，開進他們家的車道，我留在車上等了三分鐘，金大俠帶著吳鈞堯在華府參觀了一天之後，也到了，於是三個人一起準時按門鈴赴約。

來開門的是韓秀的外交官夫婿Jeff．薄佐齊，說得一口漂亮中文：「歡迎，歡迎！」，隨後的交談也都是用流利的中文，在後來的聊天中聽到，他居然可以用「鳥不生蛋」，來形容一個荒涼的希臘小島，就不用懷疑他的中文程度了。不過望著一位白皮膚的紳士，說著捲舌的標準中文，我還是很多嘴的問了一句：「退休了，說中文的機會少了，會不會忘記？」他說：「不會，因為家裡有一位最好的中文老師！」

薄先生先給我們每個人一杯飯前酒之後，大伙兒輕鬆地聊天，聽著韓與吳談論著臺灣文壇的新聞與舊事，然而身為主廚的韓秀，偶爾也好整以暇地走進廚房裡，看看仍在烤箱中的主菜，餐桌則是早就已經安排好了，桌面也已經擺滿了前菜和冷盤。

就座之後，第一道開胃菜，就是火腿薄片甜瓜捲，當甜與鹹、香與鮮混合，在口中化開，已經足夠留下深刻的記憶，她依然用著她不疾不徐親切又非常有自信的口吻，介紹著餐桌上其他的每一道地中海菜餚，不論是小碟的橄欖、葡萄葉米捲、烤時蔬，或是費工費時、鮮豔奪目的義大利纖絲沙拉，都是滋味在心頭，而主食的西班牙海鮮燉飯上，看到那滿滿的貝殼、孔雀蛤、干貝和大蝦的用料，那絕對是我吃過最好吃的西班牙海鮮燉飯，也襯托了主客的分量，最後的甜點是馬卡龍和提拉米蘇，就更甭提有多幸福了。

由於她曾經隨夫婿駐節希臘三年，連西方世界認為最難的希臘文都學會了，尤其是他懂得吃，她更理所當然用心地替他張羅各種美食，出了一本《韓秀show上桌》，就當然不是意外的收穫了。那天晚上，不只看到女主人對每一道菜的細節都非常用心，餐桌邊的水晶花瓶插著八朵盛開的鬱金香，以及兩支搖曳的燭火，就連當天的餐桌上，用的德國製造義大利Guy Buffet Tuscan Storefront瓷餐盤，讓不大的餐廳點綴出些許不尋常的溫馨。

薄先生的話不多，卻是韓主廚最好的助手，不時拿出不同的酒和飲料招呼我們，從吃飯前到吃完了正餐，他有條不紊地進出廚房，打點一些瑣事，在上甜點前，薄先生已經將所有正餐用過的碗盤餐具清好，放進了洗碗機裡，使得並不大的廚房永遠保持著清爽，讓女主人可以一直優雅地招待客人。

當薄先生走進廚房時，韓秀笑著說他們住在希臘的故事：「大概是希臘的男人太帥了，所以希臘的女人們都非常寵愛她們的男人，男人不用做任何家事。但是Jeff在家，常常和兒子主動在廚房裡幫忙，由於希臘的房子，可以從外面直接看到廚房，所以每當有鄰居的女人走過時，驚訝地看到廚房裡一大一小男生，會問我，『妳從哪裡找來的兩個奴隸？』」

餐後，韓秀帶著我們參觀地下室，除了一面是落地大玻璃門之外，另外三面都是書架，整整齊齊的排列著好多好多的書，她說：「我每天都在讀書，而且讀書的速度很快，許多的書直接從臺灣訂購，以海運送來。」韓秀開心地向我們介紹一些特別的書、書信、手稿和貓頭鷹的收藏。至於為什麼有那麼多各式各樣貓頭鷹，我沒有問，因為我知道古希臘的雅典娜女神是雅典衛城的守護神，而傳說貓頭鷹正是雅典娜女神的化身，象徵著女神的先見之明與智慧。

由於是一棟東岸常見殖民地式的獨棟洋房，地勢前高後低，所以地下室也不是全在地下，隔著玻璃後門，就有一個好大草皮的後院，還有大楓樹和松樹各一株，望著院子，她眉開眼笑地談著經常出現在這後院的紅狐狸與松鼠之間的故事，除了女作家細膩的觀察之外，小動物們都成了故事中的角色，此刻她那兼有中西特色的美麗臉龐，倒像是一個小女孩，迫不急待地分享編織在心中許久的童話。果真，四個月之後，我在《世界日報》的副刊上，讀到了這篇可愛又感性的文章〈那一抹鮮亮的紅色〉，一篇醞釀了十多年的完整故事。

不論從她的文章、演講和晚宴中，都可看到處女座的細膩心思和執著，除了充滿堅定的自信之外，也有著溫暖的個性，讓後生晚進樂於求教。晚餐前，韓秀與鈞堯互換作品，臨出門還送了我與金大俠兩本她的著作，以及各一個裝有五本近期〈文訊〉雜誌的袋子，還有韓老師滿滿的殷殷盛情。

陳年金酒會鈞堯

吳鈞堯是金門籍作家，也是近年來臺灣中生代最重要的作家之一，雖然沒有娃娃臉，但是滿頭捲髮，吳夫人文中的「捲毛郎」，有些時候看起來還真像是一個有著赤子童心的大孩子。

金門人文薈萃，自古文風鼎盛，近代文人、作家、畫家、和書法家更是不計其數。由於家母是金門人，所以每當我到金門，就會有一種回到家，和一種與有榮焉的感覺。

第一次見到鈞堯，是在二〇一五年夏天的金門之行。金門著名的鄉土作家，也是金門寫作協會理事長王先正大哥，抽了一整天的空，帶著我們到處參觀，也替我們細數了當代文壇中金門籍的風流人物，其中包括吳鈞堯。由於飄泊海外三十多年，當時只覺得那就是一個熟悉又陌生的名字而已。

我們在金門的最後一天，金門文化局副局長黃雅芬送了兩瓶紅標金門高粱酒，另一位好友盛崧俊則專程送來一瓶珍藏多年，民國七十八年出廠價值不斐的陳年高粱酒，讓我們帶回美國。

下午臨上飛機前，黃雅芬帶著我們參加金門文化局主辦的一場簽書和演講活動，簽書的主角是一位金門籍著名女作家洪玉芬，但是簽書會上口才便給的主持人，竟然就是吳鈞堯。但是因為我們要趕飛機，演講還沒結束，連招呼都沒有打，就提早離開，臨上飛機前，在機場免費的書架上拿了一本他的書回家。

二〇一六年九月底前後，吳鈞堯的美東臺灣文學風之行，在密西根張氏基金會、美國《世界日報》、和華府華文作家協會的贊助下，來到底特律、紐約和華府公開演講「把我，深深地寫出來」，並在華府作協的「寫作工坊」擔任講師，掀起一陣文藝書寫的風潮。

由於鈞堯與我有半個同鄉之誼，所以在華府有三個晚上住在寒舍，而我更是想順便再探索是否還有其他寫作的祕絕。古人以寶劍贈英雄，既然來客是金門人，我就拿出那一瓶陳年金門美酒會一會文壇英雄，正如他在《熱地圖》書中〈年輕醉酒〉裡的一段話，「金門高粱酒取得不易，況且是五十八度的陳高。酒得與朋友喝，好酒得與好友喝。拆塑膠封條時，大家聚精會神，神聖如儀式。」

在從底特律一路相隨而來的女作家若琳伉儷和其他四位文友粉絲見證下，餐桌上，鈞堯雙手輕扶著紅標高粱酒與陳年高粱酒，「憑一瓶烈酒，與古人、與遠方的人、與神對話。」煞有介事地作完儀式之後，才開瓶暢飲。

好久不見的華府海華中心董事長老趙，變成一個小粉絲，平日的話就不少，抓著鈞堯的手，每說幾句話就是一小口高粱酒，忘了「在金門高粱酒前，任何人都不能逞強」，結果話就更多了，其實是他的酒量有限，才幾口下肚，就越來越語無倫次，結果真的醉了。好在酒品不錯，只是口中嘟囔著：「我沒醉！我沒醉！」然後就和衣倒下一夜無語到天明。

不過，鈞堯的酒量還真令我大開眼界，除了從前我見過用大碗公喝高粱酒的大姨丈之外，他是我見過最能喝的金門人。那個晚上，他一個人就至少喝了半瓶的紅標金門高粱和半瓶陳高，而三個晚上，一共喝掉了一瓶半的紅標高粱酒、一瓶陳年高粱酒、和一瓶西班牙紅酒，儘管也有其他文友幫忙喝，但是其他人頂多小酌幾口即止，而他竟然都沒有醉！難道他與金門高粱酒是有「抒情、豪情、激情和鄉情的契合」，就不會醉？

等大家都走了，他到後院陽臺上抽煙，那是一個沒有月色的夜晚，九月中的馬里蘭夜裡已經有些寒意，幾天前還吵翻天的蟬，只剩下粘在樹上的空殼，而輕風吹著開始枯黃的樹葉，沙沙作響，秋後清甜的空氣裡，帶有一點很久不曾聞到，卻又很熟悉的香煙味。此刻他才談到他過逝不久的母親，說了幾個母親的小故事，我只靜靜地聽著，陽臺上，雖有屋裡透出的微光，我仍看不清他的神情，他偶爾用大聲的乾笑來掩飾對母親的思念，我相信吳媽媽早以他為榮，而含笑天堂。

當他還沒有來美國時，就要求房間裡一定要有無線WIFI，方便他與全世界保持連線。抽完了煙，已經很晚了，忙了一整天的他，回到房間竟然還可以繼續寫作。或許在那美東行之後，刊登在美國、臺灣、和澳門的報紙上的文章，其中有一些文字，應該就是那幾瓶酒精發酵後的產品吧！

那天在華府的公開演講上，我發現原來作家也可以有很精彩的口才，他先談到自己是從新詩開始創作，然後小品、短篇小說、散文再到長篇小說的寫作歷程。他以白先勇的《臺北人》為分析重點，指出白先勇開啟了他短篇小說寫作的執著與熱情。他用了三段影片及一些小說中的情節，說明現代主義中的特色、虛無、徬徨、無根和失序。後來我重讀了《臺北人》之後，更加意識到白先勇所謂「意識流」技法，文章中時空場景切換與意識的流動，考驗著作家如何讓文章「流」動，以及要「留」下什麼。

在下午的寫作工坊課程中，更毫無保留地提供了一份〈散文華爾滋〉的講義，利用好幾篇實際的散文創作文章為例子，講解如何運用外在「流」暢的敘述，以及內在駐「留」的描寫，以及與自己心靈對話的技巧。

這也讓我回想到二〇一五年專程前往紐約拜訪文壇大師王鼎鈞時的對話，在回應「如何在不同文體中，就敘實及文學性上掌握分寸？」鼎公回道：「記實，大處著眼；文學修辭，小處著手；後者為前者服務。」實有異曲同工之妙！

二〇一七年十月回到臺北，鈞堯邀我參加另一位金門籍女作家牧羊女邀約的作家餐會，再度與我討論如何寫好散文，強調：「散文的內容可分成敘述和描寫兩部分，敘述可分為平鋪直述的說明、和個人風格式的書寫，描寫又可分為外在事務或風景的觀察、和內在作家自己的反省和意義。」

二〇一八年北美洲華文作家協會的年會，九月間在美國賭城拉斯維加斯舉行，透過我的牽線，鈞堯被邀請為大會的貴賓主講人（Keynote Speaker），好像都是因為陳年金門高粱酒拉近了我們的距離，方能「憑一瓶烈酒，……與遠方的人……對話。」不可思議的文學因緣，以及與鈞堯的金酒之會將再繼續。

老友尼克勞斯

尼克是我是在美國相識最久的老朋友，當年他比我晚一年來到系上，是新來的菜鳥研究生，被安排跟著我一起當微生物學助教，帶普通微生物實驗課，這是一門微生物系大一新鮮人的必修課，所有的學生被分在兩個相連的實驗教室裡，我們就各自帶一間實驗室的學生。

美國人愛把長長的名字簡化，所以尼克勞斯（Nicholas）第一次見面時就說：「叫我尼克（Nick）就好了！」而尼克也是美國男孩最常見的菜市場名字之一。他來自愛達荷州的莫斯科（Moscow）市，那是一個座落在洛磯山脈中的一個小城，我曾經到莫斯科參加他的婚禮，當年有三萬多居民，也可以算是大城，因為那是在數百哩長的山谷中最大的城市。

當時他剛從愛達荷州立大學畢業，沒有太多實驗室的實務經驗，而我早就是微生物實驗室裡的老鳥助教，都已經出過論文，所以在課堂上，學生做實驗有問題時，他常常會過來叫我：「九里安，過來幫我看看！」幾次之後，老美學生也只好忍受我的菜英文，卻也不得不承認我比較厲害，上課有問題，還是直接找我比較有用。

尼克有義大利與荷蘭的混合血統，長得高高帥帥的，記得後來內人第一次見到他時，稱他很像當年當紅電影《與狼共舞》（Dance with Walves）的男主角凱文．科斯納（Kevin Costner），老實的他聽了之後，紅著臉，呵呵地傻笑。

安綴雅（Andrea）是尼克青梅竹馬的女朋友和老婆，有純正西班牙巴塞隆納的血統，深色的頭髮，修長高挑的身材，是個標準的南歐美女，就是話稍為多了一點，但是我毫不介意，聽她滔滔不絕地講話，正好可以讓我練習英文聽力，但是她仍然保有南歐女孩的優雅。有一天我們一起逛書店，尼克偷偷拿起一本花花公子雜誌，並且翻給我看，沒想到安綴雅已經站在後面，對著尼克抗議：「嘿！不要把九里安帶壞了！」

有一次，我們在小酒館裡喝酒，酒吧小樂隊突然演奏起卡通大力水手的主題曲，我們兩個來自完全不同世界的人，一起大聲唱著大力水手主題曲Popeye，the Sailor Man……，一起像大力水手一樣地把雙手舉起，他非常驚訝地指著我：「你也會唱呀！」我說：「會呀！小學時期，臺灣的電視臺每天都會播放大力水手的卡通片耶！」那居然會是我們一個共有的回憶，把我們拉在了一起。

我們就是這樣常常地混在一起，幾乎每天到了下午三、四點之後，研究室的工作到了一個段落，他就從他二樓研究室跑到五樓我的研究室來，我們兩個就坐在窗邊的實驗桌上，把腳放在窗口，望著外面的大草皮，天南地北地胡亂聊天，或是一起去happy hour喝一杯啤酒，或是週末一起去釣魚、逛車房拍賣（yard sale），甚至一起帶著槍到山裡打靶。我們像是西部快槍俠的師兄弟，準備出山闖蕩江湖。

一九八九年的春天，我在馬里蘭州找到了工作，離開學校前，我退了公寓，還在尼克夫婦的小公寓裡窩了幾天。一年之後，尼克也搬到馬州，他在國家癌症研究中心找到一份實驗室的工作，週末就在消防隊的救護車上當義工，因為他當時的目標是要考進醫學院。我是他們當時在馬州唯一的朋友，所以搬來之後，他們就先在我們家住下，再慢慢找房子，因為我們家離癌症中心太遠，一個多月後，他們就搬到癌症中心附近的公寓。

那一段時間，我的父母正好來美為我們主持婚宴，所以我們當然每天三餐都吃中國菜，一個多星期之後的一天，吃完晚飯，尼克吞吞吐吐地對我說：「中國米飯很好吃，但是天天吃，我的胃真的受不了，我們可不可以偶爾吃吃麵包？」原來胃是騙不了人的，胃永遠屬於故鄉，不論人流浪到哪裡，故鄉的習慣永遠留在胃裡。

從那天起，餐桌上有了麵包、生菜沙拉，偶爾安綴雅也充當主廚，大家一起吃西餐，妻子跟她學了幾道糕餅的作法，也成了後來三十年，在華人朋友間炫耀手藝的甜點。

一年後，尼克果然拿到了美國陸軍提供的獎學金，進入馬里蘭大學醫學院。念完醫科後，加入美國陸軍到德州、歐洲和中東的許多陸軍醫院服役許多年。二〇〇三年前後，他又被陸軍安排回到馬州的陸軍醫學中心，從腳科主治醫師做到資深主任，於是我們又比較有機會可以常見面了。

此時，他們已經有一對漂亮兒女，長大後的女兒跟媽媽一樣高窕秀氣，兒子也是一個聰明的小帥哥，而且遺傳了媽媽的多話，一見到面就跟我吱吱喳喳說個不停，而他最佩服我那數學系畢業的妻子，因為一次在他家，他拿了一些ＳＡＴ（申請大學的考試）數學考題問妻，任何題目都難不倒她。如今兩位在美東長大，成績都很好的姊弟，都放棄在美東的名校，進入華盛頓州離愛達荷州很近的名校岡沙加（Gonzaga）大學。

那時候，我以為他們會找一個離我們近一點的地方住，大家見面比較方便。但是他們卻選擇在陸軍醫學中心以北，接近賓州邊界，離我們家九十多哩外的大山腳下，一個很偏遠鄉下的小村子，買了房子。每次見面要開一個多小時的車，他說：「因為這裡比較像我的家鄉愛達荷。」地廣人稀的空間，可以讓他覺得好像回到了西部的大山裡。華府都會區的擁擠讓他們不自在，而且他們總覺得都會區裡的人太笨了，只要下一點點的雪，整個都會區裡所有的學校和政府部門都關門，不像在愛達荷州的大山裡，整個冬天都下雪，即使攝氏零下三十多度，公司學校依然要照常上班上課。

幾年前，尼克突然得了一種非常罕見的血小板疾病，全身不明的出血，好幾次差一點沒命，美國癌症中心試用了最新的治療方式，才讓他撿回一條老命。使得原本就是淺色金黃的頭髮全白了，更加發白的兩鬢和眉毛，人也瘦了一圈，使他看起來，比實際年齡蒼老得多。大病之後，他等不及地想要搬回家，回到那大山裡的老家。

去年底到他家作客，我們依舊承襲著默契，在他們家聚餐一定是傳統的西餐，若在我們家就吃中餐，有時候吃火鍋、或上中國館子吃道地的中餐或港式飲茶。

那一天，看著兩鬢斑白的尼克在後院烤肉，安綴雅在廚房裡煮著西班牙燉飯，餐桌上大家聊著天，一起算著年分，我們相識竟然整整三十年又兩個月。他告訴我：「終於在愛達荷州首府博伊西（Boise）的榮民總醫院等到了一個外科主任的位子，明年的暑假之後，就可以從陸軍退役，搬回到愛達荷，也可以就近照顧年邁的父母。」而離他真正退休的年紀還有十年。

二〇一七年的七月底，尼克要搬家了，七月的最後一個星期六，我們在城裡的一家義大利餐廳為他們送行：「恭喜你，回去吧！你們回去了，我們也可以有機會，找一個藉口，再回到大山去找你們。」分手前，我們互相握手擁抱，我們知道，此一別後，想再見面就比較難了。但是羨慕他們，有一份穩定的工作，可以無憂無慮地隱居在深山熟悉的老家裡。

突然那一刻，我也好想回家，在太平洋的另一邊，父母已經不在的家還算是老家嗎？三十多年來的飄泊像是一場夢，仿佛昨天才入夢，我昨天才剛剛離開老家的啊！

那一年，在海倫那的聖誕節

麗莎（Lisa）從小在蒙大拿州（Montana）的首府海倫那市（Helena）長大，家境不錯，父親在一個湖邊擁有一間豪華小木屋，我也曾被邀請去小木屋度過假。麗莎曾經為了學中文，到臺灣待過兩年。

因為她預定在一九八九年夏天結婚，所以麗莎在一九八八年聖誕節帶著作家未婚夫大衛（David），回到她父母湯姆和黛安娜（Tom and Diana）在海倫那市的家，準備婚禮，順便見見她的朋友們，也同時邀請我一起去過聖誕節。

耶誕節前三天，大衛開著一輛小小的紅色日產（Nissan）車從學校上路，應該兩個小時的車程，我們在狂風暴雪中，翻山越嶺奮鬥了四個多小時才抵達。冬天的海倫那，即使白天的溫度也不會超過華氏十度（攝氏零下十二度），夜晚更是華氏零下十度（攝氏零下二十三度）以下，城內的路面都結一層冰，那裡的路面不灑鹽，因為太冷鹽也化不了冰。

當時美國的年輕人，多半開便宜而且前輪驅動的日本小車，而老一輩的老美仍喜歡大而無當後輪驅動的美國車，開在冰上隨時有可能打滑。那幾天，老湯姆就開著他那輛好大的美國車，帶著我們滑去許多地方。

第二天一大早，麗莎忙著帶大衛到處拜訪朋友，安排婚禮的教堂，訂購禮服禮品等等，到了天黑晚餐時，才又見到他們。餐桌上，麗莎不好意思地對我說抱歉，而他媽媽則在一旁說：「不要抱歉，在廚房裡，九里安和我聊了一大，可開心呢！好久沒有人這樣陪我聊一整天。」

我覺得黛安娜長得有點像當時八〇年代底最紅的電視影集黃金女郎（Golden Girls）中，那位最有魅力的白蘭琪（Blanche），我一整天就坐在料理台旁的高凳子上和她聊天。

但是未來幾天的大煮廚可是老湯姆，他事先早計畫好五天耶誕假期的菜單，每天晚餐的主菜如燉肉、燒雞等，就一一先煮好，分別倒在不同的大鍋裡，然後全都放到門口陽臺上，不一會兒就結成冰，要吃的當天再拿進廚房加熱。

聖誕夜大餐是麗莎的妹妹從西雅圖開了十五個小時的車，帶來的新鮮海鮮大餐。餐後，她們就帶我到一間她們回家後必去的酒館，她們說這是不成文的規矩，所有聖誕夜回家的年輕遊子都會去那裡，因為那時候還沒有電郵，更沒有臉書，到了那家店，就可以知道當天有那些朋友從外地回來，並交換過去一年大家的際遇。

酒館裡，果真人山人海，麗莎拉著我往裡走，一定要帶我到吧檯前看看，我在這麼多高頭大馬的老外中，尖著腳，好不容易蹭進了吧檯前，她指著吧檯背後一排排架子上放著收集來自世界各地的空啤酒罐子。她說：「看到了沒有，那兩罐臺灣啤酒瓶和罐，可是我從臺灣帶回來的呢！」

第二天，耶誕節一大早，先是跟著他們去教堂，由教堂回到家後，又不見麗莎他們的人影，家中不斷地播放著聖誕歌曲，整個下午也不斷地有客人來訪，開門第一句話，都是：「Merry Christmas!」然後才是一陣寒喧，他們大多是鄰居或外地回來的朋友，像極了我們小時候在眷村裡的過年氣氛，大年初一早上，一個接一個的叔叔伯伯嬸嬸阿姨敲門拜年。

聖誕節的重頭戲就是拆禮物，我得到一條紅色喜洋洋的圍巾，我也回贈在故宮買的郎世寧百駿圖作為回禮。

回到學校，幾個月後，我的學位也將告一段落，找工作要飛到馬里蘭州面談，為了不驚動學校的其他臺灣同學，以避免流言閒語。前一天，從四十英里外所住的漢彌爾登小城先到他們家睡一夜沙發，方便大衛第二天一大早送我上飛機，等到確定獲得工作後，才公諸於華人的小社會。

後來我搬到馬里蘭州沒多久，大衛也在西雅圖找到更好的工作而離開山城，半年後接到他們婚禮的照片和回信。麗莎告訴我，「接到我寄去的禮物是一組茶具，她非常驚喜，因為之前每次喝茶時，她都會提到好喜歡臺灣的茶具，沒想到我記在心裡。」

一轉眼三十多年過去了，由於過去沒有電郵連絡不便，彼此又都遷了幾次家，竟然就斷了信。就在我開始寫部落格之後，竟然在臉書上找到了他們，而大衛早已經是西雅圖的作家部落格名人。

大塊頭指導教授的祝福

指導教授有著德國和北歐人的血統，姓高斯塔夫森（Gustaffson），人如其姓，至少有一百九十公分，再加上一個啤酒肚，根本就是個巨人。當我第一次踏進他的實驗室時，同時看到旁邊坐著另外四位研究生，他們一個個站起來和我握手，第一個站起來的人，和我差不多高，但是後來站起來的一個比一個高，到最後一個站起來，乖乖！最少兩百到兩百一十公分，還好在一年之後，我加入這個團隊時，最高的兩個人已經畢業走了。

他是一個非常聰明的人，大學時主修物理，後來轉到物理化學，再轉成生物化學，最後成了蛋白質轉化酶專家。當我上他的物理化學研究課時，常常和在臺灣讀書時的習慣一樣，試著將一些方程式背下來，有一天被他發現，他把我帶到他的辦公室，在白板上輕鬆地將方程式，從簡單的程序導引成不同的結論。並且說：「其實不用背這麼多的方程式，只要記得一些重要的基礎方程式，再去推演就可以了，因為你有再大的腦子容量，也裝不下這麼多複雜的方程式吧？就算你現在記得這些複雜的方程式，考完試後也很快就忘記了。」

後來跟著他做論文實驗的時候，我們經常需要把一連串實驗結果的數字加起來，我偶爾賣弄一些小聰明，在他還在用計算機將數字一個個輸入時，我已經用心算加好，寫在白板上。這動作使得教授有些緊張，笑著對著我說：「拜託你可不可以慢一點！」

就在我進他的實驗室的第二年，成了實驗室的總管，我的辦公桌也就在實驗室內最角落的大窗子旁，與他幾乎每天朝夕相處。他偶爾帶我去釣魚，也成為我學習英文的對象之一。

有時候他心血來潮，想學幾句中文，但是當他跟著我學說中文，模仿我的一個字或一句話時，就在我聽到他說中文的當下，我心中的直覺反應竟然是，「好笨，這麼簡單的中文，在他的口中，聽起來像是一個智障！」他明明是一位聰明絕頂的人。這也讓我驚覺，「若是我的英文口語說得不夠道地，或文法不正確，是否也會給美國人相同的感覺呢？」

幾年之後，在LTI一位臺大畢業的博士同事，也是聰明絕頂的一個人，平日在老中群中，談笑風生，左右逢源，反應極快，但是他的英文卻有非常嚴重的臺灣腔，口語也不流暢。有一天，他在公司的一個公開演講時，我竟然聽到背後一個老美很小聲的說：「這個人這麼笨，怎麼拿到博士的？」後來聽說他受了刺激，發憤努力，連續上了好多年的英語正音班，之後自己創業，事業蒸蒸日上。

其實在美國唸了幾年書之後，基本上我的英文早已沒有大礙，但是常常在需要最直接反應時，仍往往改變不了自小養成的習慣，有時候中式美語，甚至中文都會脫口而出。於是我經常利用與教授或美國同學相處的機會，儘量將英文和生活習慣都改成美國式。記得在頭半年，我試著將用中文喊痛的「唉唷」，改成英文的「Ouch」，而且隨時隨地都注意著練習用「Ouch」喊痛。

有一天，我跟著教授走進圖書館，當他將推開的玻璃大門交到我的手上時，我在完全沒有考慮的情形下，輕輕的喊了一聲「Ouch」，沒想到教授聽到了，馬上轉身向我道歉，我才驚覺，其實跟本就是一個痛的幻覺，發現自己竟然已不再用「唉唷」了，於是立刻跟他解釋和道歉，「抱歉！我只是在練習說『Ouch』而已！」這讓教授笑彎了腰。回想在剛來美國的頭一年，晚上做的夢都還是說中文，慢慢的變成了英文，並且努力地摸仿美國口音，盡量不要因為口音不好而吃虧。回想從離開學校到結婚，之後的三十多年，在家多用中文交談，最後連夢境也成了中英文雙語了。

大塊頭指導教授雖然非常聰明，卻不善權力鬥爭，在我跟著他的兩年後，被排擠離開學校，也間接造成我無法完成博士學位。

記得在離開山城的最後一個星期天，教授夫婦在城裡最好的酒店請我吃了一個週日早午餐（Sunday Brunch），他還特別安慰與祝福我：「你很聰明又努力，又是一個很會說話的人（good talker），將來的人生一定會很成功。」

儘管我永遠記得他的祝福，但是到今天，我一直還期待著他的祝福真的會實現。

Dr. Nakamura
——日本裔的美國教授

中村教授（Dr. Nakamura）是一位來自夏威夷的第三代日裔美國人，說著一口標準美語，但仍有著傳統日本人的長像，頭幾次見面時，總是令我聯想到抗戰電影中的日本兵。第二次世界大戰期間，在日本偷襲珍珠港之後，他也曾經和許多日裔美國人一樣，被關進了集中營兩年多。

有一次和他到酒吧聊天，和我的朋友David第一次見面時，握手寒暄之後，David非常驚訝，覺得一位那麼大年紀的日本人，竟然可以說一口毫無口音的英語，就很冒失地問了一句：「請問你來美國多久了？」Dr. Nakamura有一點沒好氣地回答：「一百二十多年了。」David才發現失言，只好不住地道歉。

他是一位微生物細菌學專家，發表過上百篇專業論文，也曾經在蒙大微生物系（Dept. of Microbiology）做過多年的系主任，是七〇到八〇年代初，全世界細菌學權威之一。當我入學的時候，他已經退休，但仍在系上擔任兼任教授，不過沒有再帶研究生了。他上課時非常幽默風趣，即使是枯燥的細菌學，也可以在言詞上唱做俱佳引發全課堂大笑，但是冷面笑匠的他，仍然滿臉嚴肅，最多偶爾微微一笑，而他豐富的專業學識，就是一本活的細菌百科全書，令學生佩服。

Dr. Nakamura非常喜歡到不同的國家講學順便旅遊，尤其愛利用來自全球不同國家的研究生之便，透過學生的連繫，利用寒暑假到亞洲、非洲、東歐等大學去演講或做研究。當他第一次見到我時，就表現出對我有著特殊的興趣，因為在決定錄取研究生時，他看過我在臺灣輔仁生物系大三的暑假時，在陽明醫學院（現為陽明大學）蔡文城教授指導下，發表過的一篇微生物論文。儘管系上過去也有來自臺灣的留學生，但是那時他還沒有到過臺灣。

他當然知道，臺灣的醫藥水準已經非常先進，但仍有他可以參與的空間。於是他要求我替他與蔡教授連絡，去臺灣講學。

一九八七年的暑假，蔡教授替他安排到臺灣，在由北到南的幾所醫學中心，開了一系列的臨床微生物診斷學講座，據說叫好又叫座。

那一年暑假我正忙著進行論文研究，沒有時間回臺灣，所以我請一位英文系畢業、美麗大方的表妹充當翻譯，我的爸媽則充當導遊，在他講座的課餘時間，帶著他和師母在臺灣到處走走。

當他講座結束回到美國之後，在學校開學前，也是因為我將是他下學年度微生物學實驗課的助教，所以特別請我到他的度假別墅討論下學期的課程，順便提到了臺灣之行。

他說在臺灣印象最深刻的事，除了對蔡教授的學養和工作精神的佩服之外，莫過於吃，臺灣到處都有好吃的東西，尤其是我父親在野柳請他吃的那頓海鮮大餐，「太好吃了！」

後來在電話上，我父親也說：「是呀，那餐飯，他從頭到尾努力地吃，頭好像一直黏在盤子裡。（反正他們之間話也不通），吃飽了，才抬起頭，擦擦嘴，拍拍肚子，嘆口氣說道，『太好吃了！』」

畢業離開山城後，我們仍然每年以明信片和聖誕卡連絡，在他的聖誕卡裡都會夾一張信，細數過去一年他走過的地方與國家及做過的事。

多年後，我帶著妻千里迢迢回去山城探望老師，他和白人師母居然擺出了一道豆腐乳在桌上，不知道他們是在那裡買到的，展現了十足歡迎的誠意。那也是最後一次見到他了。

因為他有嚴重的先天性糖尿病，數年前就曾發生過忘了吃藥在上課時昏倒的情形。二〇〇三年的十一月，終於不敵病魔催殘而往生。

僅以此文紀念Dr. Mitsuru Jim Nakamura教授，及那一段永誌難忘的日子。

波多馬克攀岩

當時才三十出頭，我在馬里蘭州（Maryland）的ＢＲＬ（Bathesda Research Laberary）公司找到第一份正式的全職工作，後來ＢＲＬ和Gibco合併而改名Life Technologies Inc.（ＬＴＩ），當時是全球最大的基因工程材料供應公司。既然是所謂高科技生物公司，當然少不了許許多多、老老怪怪的老科學家，還有更多的是剛出校園沒多久的科學新鮮人。

那時候的我還單身，來到此地先租了一間套房，開始了真正的海外留放生活。生物科技公司的日子，其實和之前在作畢業論文時的實驗室生活沒有太多差別。由於所有的實驗室材料都是活的，活的酵素、活的細菌、活的細胞、活的老鼠等等，它們可沒有所謂的半夜或是週末，只要時間到了就得進實驗室，不論早晚、週末、雨天或大雪天，所以同事之間必需要維持良好的關係，彼此可以互相幫忙。例如某一個人有重要的步驟，必需要星期六晚上進實驗室，其他人就可以請他幫忙做一些必要、但是很簡單的工作，而不必專程進一趟實驗室。

當時與我比較要好的同事們也多半年輕未婚，大家常會約著下班後，或是週末例假，一起出去玩、小酒吧喝酒、帶他們吃中國餐、去遊樂場、或是開派對。

亞當（Adam）是一位健談好動的猶太人，廿出頭的時候，曾是位健美先生，每天吞廿顆生雞蛋，練成一身肌肉後，討了一位比他還高、臉蛋超正、金髮碧眼、標準模特兒身材的老婆。結婚之後的亞當為了想活久一點，就停下來不練肌肉了，當我認識他時，他的肌肉已經與常人無異，他老婆也曾多次在我面前，用開玩笑的口吻要求他，「拜託！什麼時候可以再把肌肉練回來。」

然而亞當不練肌肉之後，也沒有一刻停下來，週末就到處找岩壁去攀岩，或學開小飛機，他的理論是，「要玩就玩大的，如果出事，走得也痛快。」他三不五時邀我跟他一起飛，說：「反正駕駛座旁的位子空著也是空著，來嘛！」，但是我從來沒有坐過他的飛機。

記得有一個星期一上午，一大早在公司遇到他，他開口便問道：「昨天晚上，有沒有吵到你，我昨天晚上夜飛，飛到你家上空，故意轉了很多圈，你知道嗎？」

「哈哈……未免太離譜了吧！」

平常只要快到週末，他也常纏著我跟他去攀岩（Rock Climbing），「好吧！」有一天我總算答應他，週末一起去波多馬克河岸攀岩。

波多馬克（Potomac）河是維吉尼亞州與馬里蘭州之間的界河，有很長的一段因為水流急湍不能行船，所以河旁邊有一條沿著北岸開鑿的人工運河，由匹茲堡一直到華府，早已廢棄不用，現在此河段成為大瀑布國家歷史公園（Great Falls National Park）。就在國家公園的南岸（維吉尼亞），多半是二、三十公尺高的峭壁，綿延好幾哩，成了年輕人的攀岩聖地。

夏天的星期六一大早，五點多天已經亮了，他和另外三個朋友開車來接我，這麼早國家公園還沒開始收費，我們就免費由維州的入口進去了。

以前我從來不知道，攀岩是如此熱門，這麼早，許多有名的岩壁早已經被人佔據了，而且也因為有我這位生手，我們要找一處比較中等難度的岩壁。他們手上拿了一本攀岩指南，書上的圖片記載了南岸好幾哩的每一塊岩壁、岩縫、斜度、難度、編號、與名字，甚至每一棵可栓安全繩子的樹都有詳細記載。

我們選好了場地，亞當先給我上了一堂安全課，原來他們可是花了大錢，每一件攀岩的裝備可都不便宜呢！

大夥兒先把繩子固定在樹上，人就一個接一個綁著繩子，面對岩壁背朝下，腳蹬岩壁下降至崖底，再一個接一個手腳並用攀上岩頂。攀岩最恐怖的地方，不是往上爬，而是往下降，當時亞當花了不少時間才讓我克服不往下看的恐懼。

說得很容易，我已經比當年來美國唸書前多了十幾公斤的肉，可以想見在攀上岩石之後，肚子比手腳先頂著岩壁。

亞當說：「這時候才覺得你好像有點肚子欸。」

「真是個好人（What a nice guy）！」這是我心裡的ＯＳ。

我們上上下下好幾趟，爬到十點左右，不過四個多小時，手腳已經發軟才結束。

美國有一些著名的巨型岩石攀岩場，如加州優勝美地（Yosemite）的半圓頂（Half Dome）、酋長岩（El Capitan）和南達克達州的魔鬼塔（Devils Tower）。攀那些大型岩石的人，要花不只一天才能攀爬上頂，身上要帶著乾糧、水和睡吊袋，晚上就把吊袋掛在崖壁上睡覺，我懷疑半夜是否能翻身。

曾經讀過一篇攀岩的文章，他們其中一位正在崖壁上小號，不過山風難料，突然轉向，把旁邊的人灑了一身一臉的尿，卻也只能讓它自己乾，隔天下山之後才能洗臉。

幾年前，酋長岩上發生岩友在山壁上骨折，非常難救援，電視臺只能用直升機遠遠拍攝，折騰了好多天才被其他人慢慢弄下山。幽勝美地的半圓頂和酋長岩頗具挑戰性，聽說攀岩者需要先簽生死狀，因為一旦出事，太難救援了，所以也偶有人摔死。

至於魔鬼塔也是攀岩者的聖地，是因為它有太多的傳奇傳說。好多年之後，亞當爬遍許多美國各地有名的岩石，最後終於完成心願，也登上了最有名的魔鬼塔。

對我而言，我不敢羨慕他，趁著年輕，許多事試過一次就好了！

和Tom交換便當

八〇年代，當我在美國的頭幾年，包括讀研究所、以及後來進入職場，還沒有結婚之前，每天的午餐幾乎都是一樣的，兩片土司夾一片西式火腿，一片起司，幾片生菜和番茄，抹一層三明治醬（Sandwich Spread），外帶一盒優格（Yogurt），帶到公司或實驗室後就放進冰箱，吃的時候就是吃冰冷的，有時候再配一罐冰可口可樂。

結婚之後，老婆為我帶便當，即使是前一晚的剩菜剩飯，只要不是海鮮，都強過冰冷的三明治，而且在微波爐出現之後，更是理所當然天天帶著可以微波加熱的飯盒上班。

離開學校後，找到的第一份工作是在馬里蘭州的ＢＲＬ（Bethesda Research Laboratories），我每天的工作仍然在實驗室裡，實驗室和辦公室內都絕對不能吃東西，所以所有的人都會到休息室（break room）去吃午餐。有時候每兩三個人據一張桌子，有時候人多，也會把幾張桌子併在一起，大伙兒坐成一圈，上從白髮的老總監、主任、和幾位經理，到許多的研究員，大家一邊聊天一邊進食。

那兩年，我總是和兩個三十歲上下的年輕白人，亞當（Adam）和湯姆（Tom），一起去吃午餐，他們跟我在同一個實驗室部門，有時候即使彼此實驗的時間進度不一樣，也會互相等一等，再一起去休息室用餐。這兩位同事常常一左一右坐在我的兩旁，期待每天中午，看著我把便當盒打開的那一剎那，因為有的時後我帶的午餐，會讓他們好像中了樂透獎券一樣地開心。

愛冒險開小飛機和攀岩的亞當，他的午餐幾乎每天都一樣，大多是一個三明治，外帶一根生胡蘿蔔洗一洗後直接啃，有時候也會帶一個生馬鈴薯，用微波爐加熱到熟透。他常常一邊咬著三明治的時候，就一邊斜眼瞪著我的便當。有一次，還被坐在桌子對面的白人老主任，模仿他的眼神而嘲諷了一番，大伙笑成一團，他似乎也不以為意，仍然每天瞪著我的便當。但是我的便當裡，不是每天都會有好東西，如果偶爾有比較好的飯菜，就會給亞當分享幾口。

湯姆則常常坐在我的另外一邊，他比較注重美食，除了三明治之外，也經常會帶一些不同的食物。有一天，剛好他帶了乳酪牛肉千層派（Lasagna），我帶的是火腿蝦仁蛋炒飯，我讓湯姆嚐了一口炒飯之後，看到他那滿足的表情，況且千層派也是我喜歡的西餐之一，我就提議：「那我們就交換午餐好了。」

「真的！」

他高興得差一點沒從椅子上跌下來，興高彩烈地把一盒炒飯吃得乾乾淨淨。

午餐後的那個下午，湯姆跑來跟我說了好多次，「我覺得我賺到了，蛋炒飯真好吃呢！」我也告訴他：「千層派是我最愛的西式美食之一。」接著他說：「今後的任何時候，如果你想吃乳酪牛肉千層派，我們可以前一天約好，你再帶炒飯來跟我換。」我們之後也真的交換了很多次，但不一定每一次我帶的都是蛋炒飯，他的也不都是乳酪牛肉千層派。

湯姆就是陳之藩的精典文章〈哲學家皇帝〉一文中標準的美國年輕人，在大學時期除了有借學生貸款之外，也曾休學一年，跟著修房子的工頭做了一年木工，才存足了錢把大學唸完。所以雖然成了生科研究員，平常休閒時間卻以工具人（Handyman）自居，很喜歡動手作一些小木工和修理一些家中不太嚴重的水電問題。因為在美國人工很貴，自己動手可以省下不少錢！

一九九〇年，當我有了人生第一棟房子之後，就常常請教湯姆一些房子上的小問題。有一次房子的屋簷出了問題，他自告奮勇要幫我修，不收費，改成請他吃晚飯，同時他也小心翼翼地問我：「可不可以帶女朋友一起來？她也很喜歡吃中國菜。」

星期六的下午，他就穿戴著一身木工的行頭，上上下下花了兩三個小時把屋簷的破損處修好。在我們約好晚餐的那一天，跟他一起來的是一位長得很秀氣的女朋友，一直留在廚房裡，看著同樣很秀氣的老婆做中國菜。

當天推出的晚餐菜單是紅燒雞腿、火腿蝦仁蛋炒飯、炒青菜，和水果、甜點和一些零嘴，雖然簡單，卻也足以賓主盡歡。

你會日文呀？

許多在美國的韓國人，是在韓戰之後，隨著美軍移民到美國，他們多半沒有在美國讀過太多書，所以只能開洗衣店或雜貨店或日本料理店。像是在華府市區裡，不論再糟糕的區段，都有韓國人開的雜貨店。

在我們所謂高科技的行業裡，見到太多老中和老印，比較少見老韓。我在一九九九年離開了華盛頓郵報（The Washington Post），被甲骨文公司（Oracle）挖角之後，韓國人Eun和我成了同事，雖然他的英文不太好，但是人老老實實，做事可靠，不與人爭，幾乎每天下班和週末就打高爾夫球，二十年後的今天，他仍在甲骨文。

由於他和我的年紀相仿，又在同一部門，所以很快就成了好朋友，我也比那些老白同事們有多一點耐性去聽他的破英文，他就幾乎天天找我一起出去吃午餐，或者散步。

有時候到了週末，他也會帶我和妻，以及他的妻女一起去吃他認為最好的韓國烤肉、炸醬麵、豆腐鍋等。他說：「在韓國，炸醬麵比麥當勞還要受到兒童歡迎，小孩的生日派對常常在中國炸醬麵（韓文的發音也就是炸醬麵）店舉辦。」他看我一臉不相信的樣子，一天中午他帶我來到他認為最道地的炸醬麵店，此店非常不顯眼地藏在一個不太好的韓國區，混在一堆韓國小店的地下室中。韓式炸醬麵和中式炸醬麵口感很不一樣，當他看到我吃完第一口後狐疑的表情，就打電話給他老婆，再傳給我聽，只聽到電話中傳來尖銳急促地叫罵聲，我當然聽不懂，Eun的翻譯是，「我的老婆在抗議，為何沒有告訴她要來吃炸醬麵！」

甲骨文公司美東的總部在維吉尼亞州北部，杜勒斯（Dulles）機場收費高速公路旁，沿著公路兩邊高聳的辦公大樓林立，是號稱東岸矽谷的杜勒斯科技走廊（Dulles Technology Corridor），大樓之間本身沒有相連，但是它們的停車場都連在一起，我們常常就在午餐後沿著這些辦公大樓的停車場散步一圈。這樣一直走到二〇〇一年的春天，我們慢慢地發現，許多大樓前停車場上的車愈來愈少，也就是網路泡沫化（Dot Com Bubble Burst）逐漸開始出現了。

有一天，Eun帶著我走進每一幢大樓的後門，原來每幢大樓的一樓都有一家韓國人開的小自助餐廳，每家都非常擔心，生意愈來愈差要如何生存下去。我疑惑的是，「為什麼每家餐廳的老板都認識Eun？」

甲骨文的全球企業總部在舊金山，那些年，我們常常一起到總部出差，幾乎每一個月就飛一次，當飛機快要降落舊金山機場前，從機上就可以看到甲骨文總部的幾幢綠色圓桶型（代表資料庫）的玻璃幃幕大樓，環繞著一個不規則半月型的湖，湖邊遍植楊柳，湖的另外一邊是一長排高聳入雲的白楊樹，環境十分漂亮優雅又摩登。每天中餐後我們就沿著湖邊散步，高科技公司裏多的是年輕的俊男美女，秀色也可餐。

一天中午，我們正在湖邊散步，遠遠看到一群穿著整齊的東方年輕人，朝我們走過來，離大約十數公尺遠時，突然有一位年青人以小碎步衝出來，朝著我們以九十度鞠躬，口中則一直嘟嘟嚷嚷著韓文，後面幾個年輕人也跟著快步走近及九十度哈腰，嚇得我退了兩步，只見Eun輕輕的點點頭，手揮一揮，講了幾句韓文，這幾個人才低著頭走開。

之後Eun告訴我，五年前離開韓國時，他在韓國的甲骨文分公司是第五號人物，而上層多為白人。看過韓劇的人，應該都知道韓國的企業文化，輩份高低十分鮮明。在韓國沒有自己的生活，必須天天喝酒應酬，但是他痛恨那種文化，才移民到美國。在此之前，他不曾提起那些過往。

漸漸地我們對甲骨文總部內的餐廳都吃膩了，這天中午，輪到我開著租來的車，出去找餐廳吃午餐，不多遠就找到了一家日本料理店，進了門才發現已經客滿，只剩下壽司檯前有兩個空位，當我們坐在壽司檯前開始點菜時，我聽到壽司師父們之間講的話竟是臺語（閩南語），我就用國語和他們搭訕。

講了幾句話之後，Eun用力捶了一下我的肩膀，只見手指著我，眼睛瞪得像銅鈴，比前一天我的眼睛瞪得還大，對著我說：「你會日文呀？」

「哈……！是的，我希望我會（Yes, I wish）。」

我的波斯朋友馬謖

美國號稱是文化大熔爐，也是人種的大熔爐，三十多年來，我接觸過幾乎來自全世界所有的人種，不論是歐洲人、非洲人、南美洲人、亞洲人、猶太人或中東人……，基本上，都可以互信共存。在九一一恐怖攻擊事件之後，許多人變得對穆斯林不太友善，而我就偏偏有相當多的穆斯林朋友，其中有幾位是伊朗人，包括好朋友馬謖（Massoud）。

上世紀七〇年代末期，美國與伊朗巴勒維政府交好的時期，大批伊朗留學生蜂踴來到美國讀書，據說有數十萬之多，成為當時最多的外國留學生，有好多年，臺灣留學生的總數排名第二，僅次於伊朗，所以常常遇到伊朗人就不足為奇。馬謖就是其中之一，拿到電腦博士，輾轉在幾所大學教書之後，與我在同時期進入聯邦政府成為公務員。

一開始，馬謖和我同在一個小組工作，經常在許多爭論的議題上，與我站在同一陣線。我們偶爾約著一起吃午餐，一起飯後散步，天南地北聊個沒完，很快的，除了一些華人朋友之外，他成了與我走得最近、無話不談的好朋友。我們還在臉書上互加朋友，由於我的臉書只寫中文，他會利用谷歌翻譯後才按讚。

當我告訴他：「你名字的發音，和中國歷史上一位非常有名的將軍一樣，不過他是一個被處決的悲劇人物。」他毫不在意地大笑回道：「這個名字是源於古波斯的Masod，意思是『幸運』，現在中亞和阿拉伯世界也非常流行這個名字。」由於在中國，許多穆斯林姓馬，但是被諸葛亮斬的馬謖，生於三國時期，比回教的起源年代大約早四、五百年，所以絕對不是穆斯林。

一天，他特別帶我到一家伊朗餐廳吃烤羊肉，不過我發現和常見的巴基斯坦，甚至希臘的食物都很類似，他大笑地說：「幾千年來，整個中東，從希臘到巴基斯坦，甚至阿富汗之間，就是不斷的打來又打去，而女人總是帶回家最好的戰利品，久而久之大家的口味就統一了，哈……你不覺得，他們連長相都很接近。」

馬謖是波斯人（Persian），他說「波斯人不能與現在的伊朗人劃上等號。」歷史上的波斯人，應該屬於高加索人的一支，自認為是高貴的雅利安人，長像幾乎與歐洲白人無異。馬謖有一個沒有一根頭髮的大光頭，但是冬天戴起牛仔帽，還是挺帥的，要不是英文有一點口音，也幾乎與一般白人無異。

幾年前的一天，馬謖突然跑來跟我道別，他一臉非常嚴肅地說：「我必須回家一趟，因為父親過世，我相信我會再回來，但是美國和伊朗的關係這麼緊張，跟你先打一聲招呼就是了。」

音訊全無的三個多星期後，我又在辦公室碰到他，高興地大叫：「噢！你回來了。」那天中午我們又一起出去吃飯，他說：「其實大部分的伊朗人並沒有那麼反美，大家還是一樣的熱情，日子照過，只是那些少數有權力和宗教地位的人在操弄著整個社會。在伊朗的期間，我知道無論我走到什麼地方，後面隨時都有人在監視我，但是我純粹回去探親，所以什麼事情都沒有發生，就回來了。」

有一次，他找了另一個波斯朋友密爾（Mir），密爾說的一口標準美語，要不是有一個伊朗名字，他根本就像是個美國白人，此後兩個波斯人和我，會固定在每個星期三中午，一起到辦公室附近一家中式的自助包肥（buffet）吃午餐。

我們當然是以英文交談，但是兩位伊朗人，偶爾他們也會用自己的家鄉話交談。一天，在吃飯當中，我聽到馬謖嘰哩咕嚕說了幾句伊朗話，再用英文問：「密爾，你的脖子上掛著十字架項鍊，已經改信基督教了嗎？」

密爾沒有回答，反而問：「難道你還信回教嗎？」

馬謖大笑之後，小聲地說：「現在的我什麼都不信，我認為所有的宗教都是騙人的。」他覺得自己活得正，不做任何壞事，所以不需要任何的宗教，也不相信有天堂或地獄。他還轉頭對我說：「儘管今天的伊朗，大多數人還是信奉回教，但是我認為，波斯人為何要信仰阿拉伯人的回教。」

歷史上的波斯也曾經非常強大，發展出的高度文明並不輸給中華文化。當年中國歷史上最強大的唐朝，由大將軍高仙芝率領的安西都護府和西亞遠征軍，與阿拉伯和波斯聯軍交鋒，結果唐軍大敗。許多歷史學家相信，當時中國軍隊中的許多被俘工匠，就把造紙和印刷術傳到了波斯，相對地，可能也將波斯的文化帶到中國。

當我告訴他們這一段歷史之後，他們異口同聲地回應說：「好像有聽過這麼一回事兒，可是不太記得細節，要回去好好查查看。」我懷疑他們的歷史教育有問題，唐朝時波斯人創立的摩尼教傳入中國，也就是武俠小說中穿鑿附會的日月神教，和曾經是波斯國教的拜火教，他們居然也都沒聽過。

那天，我們除了談歷史，談宗教，也談到吃，談到他們的祖母從小就教他們食物的天然特性，居然和中醫一樣，相信每一種食材都有藥性，也可分冷熱性。

於是我們一起指著包肥櫃檯上一道一道的菜，然後一起喊道：「這薑是熱的、芝麻是熱的、黃豆是溫的、黃瓜是涼的⋯⋯。」

「啊，還有這魚和蝦也是涼的！」

一旁的一位白人美國佬聽到我們的對話，看著我們那麼興奮地比手畫腳，以為我們是瘋子或是傻子，連冷熱都分不清，白了一眼說：「No！這些魚和蝦是燙（very hot）的。」

「呵呵呵……」我們三個非常有默契地一起傻笑。原來我的波斯朋友們，儘管沒有好好學歷史，但是早就與我累積了一千多年的文化交流與默契，難怪我可以很快地與馬諤建立友誼，一般的老美哪裡會知道其中的奧祕。

搶來的北京烤鴨

二〇一八年十月，北京自由行的第三天，一位曾經在甲骨文同甘共苦的老同事哥兒們小李，約了我和妻吃晚餐。在二〇〇九年前後，我們坐在一間兩人的辦公室，超過一年的時間，經常中午一起外食，吃遍馬州洛城一帶的中西餐廳。平日他直呼我九里安，我也直呼其本名，現在用小李以區分那兩天帶著我們遊胡同的老李。

小李的父母由江蘇遷到北京，在北京出生長大，我在臺北出生長大，舊身分證上記載著祖籍北平的臺灣人，所以那些年我們的共同話題就常圍繞著北京。

在我們都離開甲骨文之後，就偶爾以微信連絡，一起約著吃過幾次飯，漸漸地只剩過年過節問一聲好。好久之後，突然接到小李的微信，「我在北京」，而我也沒有多問，隔了一陣子，我問了一聲，他還在北京。

幾年前，我回臺度假，剛到臺北，就接到他的微信，「我在臺北，只有三天，可不可以推薦兩個最值得去的地方？」在他列舉的幾個地方中，我說，「太魯閣和阿里山有壯麗的景觀和深厚的人文背景，最值得去。」

第三天的下午，我帶著他和他美麗的老婆在臺北吃老董牛肉麵，他又在民生社區買了一大箱微熱山丘鳳梨酥回北京作公關。此時的他舉止透著自信，似乎事業有成，但是我仍然和老美的習慣一樣，沒有多問，他也沒說。

這幾年，我們幾乎年年去大陸旅遊，到廈門、杭州、上海和四川⋯⋯，每次到了內地，都會告訴他一聲，他就傳來微信，「什麼時候來北京玩呀？」所以，這一次要到北京自由行，早早就讓他知道，當然也約了要吃一頓地道的北京美食。

我們約在建國門外銀泰中心的一炖飯餐廳，看來相當高檔，原本服務員讓我們在門口等，但是一聽說是李總的客人，就立刻把我們帶入包廂。

當天傍晚，小李從外地回北京，被堵在車陣中，大約晚了十分鐘才到。全身穿戴十分整齊，手肘挽著一件披風，滿面春風地進了包廂。幾年不見，依舊挺拔帥氣，似乎沒有了以前在甲骨文打工仔的形象，多了一些瀟灑和霸氣，只是黑了一些，「打工嘛！天天在外跑，所以曬黑了。」身旁還跟著一位年輕貌美的女助理，手上提著一些公事包，手腳俐落地忙進忙出，也打點好要點的菜。

小李方一坐下，就請服務員泡上自己帶來的武夷山岩茶、打開紅酒，直接對著妻說：「九里安就是悶騷，看看這會兒，又成了作家，是吧！」老婆沒吭聲，我自己接著：「哈哈⋯⋯到底是老朋友，悶騷也正是王妃對我的評語。」一旁的女助理則一直瞪著小李傻笑。

那會兒，我忍不住地問了：「哥兒們發了？」、「那有發……。」小李平靜地笑著說：「還不是一樣替人打工，做做公關，辦辦活動……。」

「那不是發，什麼才是發。」我只是沒有說出口。

到北京哪有不吃烤鴨？

「這裡的北京烤鴨可是全北京最好吃的烤鴨。」小李話聲剛落，一名女服務生掀起簾子走進來，低聲說道：「對不起，烤鴨賣完了！」

小李笑著回頭說：「什麼？烤鴨賣完了。妳等等……」拿起手機，仍用他一貫不緩不急的口吻，笑著對手機說道：「×××，……，我好不容易請一位美國的臺灣同胞來吃你家的烤鴨，服務員告訴我烤鴨賣完了……。」

「……」

他把手機直接交給女服務員，「妳自己跟妳老闆說。」只聽到女服務員對著手機說：「好……，是……」然後恭恭敬敬地把手機還給小李，退出包廂。

上主菜之前，他先叫了三道老北京口中最地道的特色風味小吃，炸灌腸、爆肚和炒肝兒，「這就是最地道的北京味兒，你不也是北京人嘛，吃看看！好不好吃都吃幾口就好，不然，待會兒後面的菜吃不下了。」另外的涼拌沙拉、辣拌孔雀蛤、番茄牛，也都是小李平日來這裡最愛點的菜，都是好吃得不在話下。

此刻門簾又打開了，那位女服務生叫著，「上烤鴨了！」一位年輕的片鴨男師父推著好大一隻金黃色的烤鴨進來，小李笑著轉頭小聲對我說：「從別桌搶來的。」

片鴨師父恭恭敬敬地先鞠個躬，再乾淨俐落地把烤得金黃的鴨皮切成長方形小片，放在同樣是長方形的哈密瓜片上，剛好是一口的大小，放進口中，輕輕一咬，哈密瓜與烤鴨的香氣交織在一起，甜而不膩，而且入口即化，真是絕配。包成捲餅的鴨肉也是滑嫩香甜，的確是我吃過最好吃的北京烤鴨，或許是搶來的東西更是有味兒。

「記得你愛吃魚，所以點了魚頭泡餅」，千島湖大頭魚的味道和我母親在家常煮的口味幾乎是一模一樣，而蓋在魚頭上面烤熟的泡餅，早已伴著魚味更是好吃得的不得了，令我感心的是，小李居然記得我最愛吃魚。

最後的甜點是糖油餅，也是老北京有名的小吃，即使我們早已經吃撐了，還是一口接一口停不下來，硬是吃下大半個糖油餅，因為真的太好吃了。

酒足飯飽後步出餐廳，一輛大型奧迪早已在門口等著我們，一位年輕的助理帥哥把我們帶回酒店。

第二天換另一位助理帥哥帶我們到盧溝橋、清華園、圓明園和頤和園玩了一整天。這位生長在胡同裡的年輕帥哥，操著好似口中含著一顆滷蛋說話的老北京腔，老氣橫秋地說：「對我們胡同裡的老北京來說，李總只是說著北京腔的普通話。」他的話稍多：「我們公司最多的時候，有一百多人，包括李總都是帥哥美女，……。」

其實帥不帥美不美沒關係，無論有多少年的關係，平時就要打好關係才能吃到烤鴨，因為中國人常掛在嘴邊的「有關係就沒關係。」走遍全世界皆準。

跋

——感謝

我從二〇一三年開始寫部落格，意外的收穫不只是寫作而已，因此而認識許多以前只有在報紙和書上見過名字的作家，絕對是最大的收穫。

參加三次北美作協舉辦的旅遊都與施叔青老師同遊，由於她近年眼睛不好較少動筆，能接到她的短序最令我喜出望外。在寫作路上，韓秀老師的慷慨帶路，一直令我感動，尤其寫完推薦序後，更用快遞寄回最初出版社審核通過的二十四篇文章紙本文稿，校對後改得密密麻麻的字、注意事項及許多殷殷期盼。比我年輕的吳鈞堯，則讓我見證長江後浪推前浪，將還不能成浪的我，在他的推動下，激起一片浪花。學姊龔則韞的大名在我大一時就聽說過，沒想到繞了半個地球，在華府作協寫作工坊聆聽她的寫作心得，而她更在其夫婿江大哥生病期間，寄上最誠摯的推薦序。九十多高齡的資深作家唐潤鈿阿姨，雖然沒有寫序，過去幾年來一直不斷地鼓勵我，絕對是推動這本書出現的重要貴人之一。北美華文作家協會總會長吳宗錦與北德州文友社專欄主編陳玉琳持續鼓勵，以及華府華文作家協會文友們的肯定，未來只能更努力寫作來感謝他們的推薦。

能夠完成本書，更要感謝吾妻的包融和善解，把家中大小事一手攬下，容許我下班後可以埋頭寫作，文章被韓秀老師校對之後，警覺遣詞用字的重要性，然而積習難改，尤其本書中後來新加的一半文章，仍隨處可見冗詞錯字。妻與我逐篇逐句逐字地校對，並拿出她在大學時期編輯研習營所學，以及一絲不苟的個性，連續幾個星期校稿，反覆閱讀不放過任何一個字，她說：「文章印出去，就永遠改不了，能不用心嗎！」

書中除了留學追憶的部分她沒有參與之外，後來所有的故事幾乎都有妻的身影，三十年來兩個人的異鄉生活，對我而言是一連串小確幸的集合，但是真實的味道是酸、是甜、是苦、還是辣，只有她最能體會。

語言文學類　PG2289　北美華文作家系列32

走過零下四十度

作　　者／九里安西王
責任編輯／陳慈蓉
圖文排版／楊家齊
封面設計／王嵩賀

發 行 人／宋政坤
法律顧問／毛國樑　律師
出版發行／秀威資訊科技股份有限公司
114台北市內湖區瑞光路76巷65號1樓
電話：+886-2-2796-3638　傳真：+886-2-2796-1377
http://www.showwe.com.tw
劃撥帳號／19563868　戶名：秀威資訊科技股份有限公司
讀者服務信箱：service@showwe.com.tw
展售門市／國家書店（松江門市）
104台北市中山區松江路209號1樓
電話：+886-2-2518-0207　傳真：+886-2-2518-0778
網路訂購／秀威網路書店：https://store.showwe.tw
國家網路書店：https://www.govbooks.com.tw

2019年11月　BOD一版
定價：350元

國家圖書館出版品預行編目

走過零下四十度 / 九里安西王著. -- 一版. -- 臺北市 : 秀威資訊科技, 2019.11

面 ; 公分. -- (語言文學類 ; PG2289)(北美華文作家系列 ; 32)

BOD版

ISBN 978-986-326-740-9(平裝)

863.55 108014924

讀者回函卡

感謝您購買本書，為提升服務品質，請填妥以下資料，將讀者回函卡直接寄回或傳真本公司，收到您的寶貴意見後，我們會收藏記錄及檢討，謝謝！

如您需要了解本公司最新出版書目、購書優惠或企劃活動，歡迎您上網查詢或下載相關資料：http:// www.showwe.com.tw

您購買的書名：________________________________

出生日期：________年________月________日

學歷：□高中（含）以下　□大專　□研究所（含）以上

職業：□製造業　□金融業　□資訊業　□軍警　□傳播業　□自由業

　　　□服務業　□公務員　□教職　□學生　□家管　□其它_____

購書地點：□網路書店　□實體書店　□書展　□郵購　□贈閱　□其他

您從何得知本書的消息？

□網路書店　□實體書店　□網路搜尋　□電子報　□書訊　□雜誌

□傳播媒體　□親友推薦　□網站推薦　□部落格　□其他__________

您對本書的評價：（請填代號　1.非常滿意　2.滿意　3.尚可　4.再改進）

封面設計____　版面編排____　內容____　文／譯筆____　價格____

讀完書後您覺得：

□很有收穫　□有收穫　□收穫不多　□沒收穫

對我們的建議：________________________________

____

____

____

請貼
郵票

11466
台北市内湖區瑞光路 76 巷 65 號 1 樓
秀威資訊科技股份有限公司 收
BOD 數位出版事業部

…………………………………………………………………………………………

（請沿線對折寄回，謝謝！）

姓　　名：＿＿＿＿＿＿＿＿　年齡：＿＿＿＿　性別：□女　□男

郵遞區號：□□□□□

地　　址：＿＿＿＿＿＿＿＿＿＿＿＿＿＿＿＿＿＿＿＿

聯絡電話：（日）＿＿＿＿＿＿＿＿（夜）＿＿＿＿＿＿＿＿

E-mail：＿＿＿＿＿＿＿＿＿＿＿＿＿＿＿＿＿＿＿＿

● 延伸閱讀

情與美的絃音——紐約華文作家協會文集

趙淑敏、石文珊、李秀臻合編；
定價420元

- 收錄紐約華文作家協會47位作家共55篇散文，題材多元，詠情談美，寫出對生命的洞察、深思與禮讚。
- 世界華文作家協會榮譽副總會長、歐洲華文作家協會榮譽會長——趙淑俠，專序推薦。

收錄紐約華文作家協會47位作家共55篇散文，並細品「儁思」、「讀美」、「芳香」、「追望」、「縈懷」和「樂活」等六輯，題材多元，情美相映，弦音錚鏦。本書作家以身處紐約的特殊視角，以筆耕者敏銳的描述，觸發各地讀者品味文字深處的人性風景。

歸人絮語

陳玉琳著；定價350元

- 北美華文作家協會副會長——陳玉琳，睽違多年的深情之作。
- 以細膩的抒情筆觸，描寫旅居歲月二十餘年的點點滴滴，抒發生命的真誠感受。

出版此書時作者已在美國居住滿二十二個年頭，遍遊美國各地後離愁已漸被歸屬感取代，於是決定以《歸人絮語》為書名。往日曾經過的苦澀與甜蜜在作者的回憶中依舊鮮活，遂以豐沛情愫記下難忘的〈山水情緣〉及濃鬱的溫馨〈親情〉，更有許多發人深省的〈我聞．我見．我思〉及〈文思的啟迪〉，並有魂牽夢縈的〈憶故人〉感懷。將之出版成冊，既為生活留念想；也願與讀者們分享她的「天、地、人」情懷。

無論在氣溫與心境上，
他都曾經真實地處在酷寒中，而如今他走出低谷，
迎來了擁有百分之九十九溫馨，只有百分之一悲傷的燦爛人生。

上個世紀八零年代最冷的一天，在大風雪降臨後，他得知指導教授在系上的權力鬥爭中失敗，離開了蒙大拿大學（University of Montana），而他花了三年直攻的博士也不得不終止——那一天的氣溫驟降到零下四十度。

攻取學位失利後，「人生如戲」開始真實地在他生活中體現。從進入世界頂尖的基因工程公司（BRL），再轉到矽谷頂尖的電腦大廠甲骨文（Oracle）美東總部工作，最後在二〇一一年走進全球最大的企業——美國聯邦政府，成為高階公務員。一路走來，把他鄉變成家鄉，沉澱後的心情，讓生命越來越有溫度，以輕鬆幽默的態度，笑看一段段人生的小故事，溫馨快樂地回顧三十四年的留美生涯。

回首來時路，每一階段的轉變都很艱辛，過程也有些匪夷所思，更是「滾石不生苔」是最好的寫照，體驗過「人生如戲」的轉折，如今只追求生活中每個微小但確定的幸福。

「華氏與攝氏的零下四十度等同，於是，使用攝氏的家鄉台灣與他住了三十四年使用華氏的美國，在瞬間消失了距離。這個零距離不是噱頭而是真實的世界。」——韓秀

走過零下四十度

ISBN 978-986-326-740-9
9 789863 267409 00350
建議分類　華文創作/散文